KB081164

하지 말라고는 안 했잖아요?

하지 말라고는 안 했잖아요?

한국문학 번역가 안톤 허의
내 갈 길 가는 에세이

안톤 허

어크로스

추천의 말

안톤 허 번역가와 2018년에 와우북페스티벌에서 우연히 만나 짧지 않은 시간 동안 인연을 맺었는데 의외로 내가 안톤 선생님의 개인사에 대해서는 잘 몰랐던 것 같다. 번역 이야기라기보다는 존경하는 분의 자서전을 읽는 기분으로 열심히 탐독했다. 그리하여 내가 얻은 이 책의 교훈은 다음과 같다.

"누가 뭐라 한들, 내가 해야 할 일이 무엇인지 스스로 확고하면 그만이다." "인생을 망쳐도 내 손으로 망쳐야 한다."

어떻게 보면 안톤 허 번역가이기에, 안톤 허 번역가니까 할 수 있는 얘기 같기도 하다. 그러나 멋진 말이다. 내 인생은 스스로 망치는 것이다(음?).

그리고 나도 번역을 하는 입장에서 "답은 항상 원문에 있다"라는 문장이 가장 마음에 와닿았다. 빨리 번역 마감해야 하는데, 나도 번역 잘하고 싶다.

우리 모두 이 책을 읽고 열심히, 용감하게, 후회 없이 내 인생 내 손으로 망치도록 하자. 투쟁. **—정보라(소설가)**

《하지 말라고는 안 했잖아요?》는 '번역가와 번역에 대한 인식이 지옥에 떨어질 지경인 이 세상'에서, 번역가로 살아남은 한 인간의 눈물겨운 생존기다. 그렇다고 해서 진지하고 우울한 내용을 기대하면 곤란하다. 시종일관 웃음이 터져 나오는 이 책을 통해 안톤 허는 훌륭한 번역가는 곧 훌륭한 작가라는 사실을 증명해낸다. 이 책을 읽고 나면 당신도 '어딘가 모르게 무서운 인상을 주는' 안톤 허가 성공한 번역가일 뿐만 아니라, 뛰어난 에이전트이며, 누구보다도 진실하고 열정적인 작가라는 사실을 깨닫게 될 것이다.

—박상영(소설가)

먼저 부딪치고 계속 투쟁하는 안톤 허가 있어 번역가로서, 작가로서 든든하다. 나는 나 나름대로 꼴통이라 선배가 어렵게 개척해 놓은 길을 밟는 대신에 세상의 모든 '갑'과 싸우고 나대로 사는 법을 배웠다. 그를 지켜보며, 때로는 같이 나아가 대범함을 몸에 익혔다. 안톤 본인과 멀다는 그 우아함이 때로는 사회를 등진 자의 사리사욕이라는 것도 깨달으며.

소위 '한국을 빛낸 위인'의 자서전을 읽고 전국의 부모들이 '우리 애 영어 실력을 어떻게 늘려야 부커상 탈까'라는 욕심을 품는 대신 '책벌레 성소수자 아이도 이렇게 큰사람이 될 수 있구나!' 느끼면서 응원해 주길 바란다. 요즘 아이돌이 소녀시대나 2NE1을 보고 꿈을 키운 것처럼, 안톤 허를 보고 자라서 이렇게나 흥미진진한 한국문학사를 이어갈 '안톤시대' 그다음 괴짜 번역가들을 기대한다.

—소제(번역가)

프롤로그
조용히 앉아서 번역이나 하지

가끔 번역가의 일에 대해 글을 써달라는 요청을 받는다. 뭐랄까, 보통은 이런 청탁에서 내가 제공할 수 없는 유의 상당히 우아한 글을 기대한다는 인상을 받는다(이 책은 내가 얼마나 우아하지 않은 사람인지를 증명할 것이다).

때론 어이없는 청탁을 받기도 한다. 어느 잡지에서는 '번역이 불가능한 단어'를 주제로 글을 써달라고 했는데, 그 의도가 무엇이든 나로선 상당히 불쾌했다. 전문 산악인에게 '오를 수 없는 산', 오페라 가수에게 '부를 수 없는 가곡' 따위를 글로 써달라고 할까? 번역을 단순히 단어를 번역하는 일 정도로 보는 무지함(야만성이라고 썼다 지웠다)은 말할 것도 없고. "네가 못하는 걸 털어놓지 그래" 하는 저의가 느껴지는 요청이다. 대한민국 번역 평론 담론의 수준이 지옥까지 떨어졌을지라도 번역가에게 대놓고 이런 글을 부탁하다니 번역가에 대한 인식이 얼마나 밑바닥에 있는지 보여주는 듯하다.

요사이 영미권에서는 번역가들이 자서전을 쓰는 유행이 일고 있는데 이는 우리나라도 마찬가지인 것 같다. 개인적으로 그다지 관심 가는 장르가 아니었는데 이 책을 써달라고 부탁을 받은 후 번역가들이 쓴 영어와 한국어 자서전 몇 권을 읽어보았다. 그런데 그 훌륭한 책들을 읽으며 영감을 받기는커녕 눈앞이 캄캄해졌다. '과연 내가 이렇게 쓸 수 있을까?' 출판사의 담당자는 일단 써보라고 나를 설득했다. 짧아도 좋으니 마음 편하게 써보라는 얘기였다. 얼마간 고민한 후 과감하게 계약서에 사인을 갈겼으나 너무 막막한 나머지 한동안 한 자도 쓸 수 없었다.

번역을 하는 소설가나 시인도 많지만 생각보다 번역가의 영역과 작가의 영역은 교차 지점이 적은 듯하다. 예를 들어 내가 번역한 몇몇 영역본의 원저자인 정보라 작가의 경우 러시아어와 폴란드어 작품을 번역하기도 하는데 작가님은 창작과 번역 간에 그다지 상관관계가 존재하지 않는 것 같다고 하셨다. 번역은 연구 논문 작성 등에는 도움이 될지 몰라도 창작에는 그다지 영향을 끼치지 않는 모양이다.

번역가가 글을 쓴다는 것이 말을 하지 말아야 할 사람이 말을 하는 느낌을 주는지도 모르겠다. 이제는 너무나도 촌스럽고 고루한 태도이긴 하나 아직도 번역가가 책을 내면 조용히 앉아서 번역이나 할 것이지 웬 유난을 떠냐고 지적하는 사람이 있다. 이건 한국이나 미국이 매한가지며 특히 뚜렷한 계급사회인 영국에서 유독 자주 보이는 양상이다. 출판계를 하나의 생태계로 본다면 그 속엔 분명 계급과 서열이 존재하는데 아마도 번역가는 그중 최하위 서열이 아닌가 싶다. 출판계의 부조리를 폭로하는 트위터 계정인 '출판사 옆 대나무숲'에는 "번역가가 무슨 벼슬이냐"는 글이 올라온 적이 있는데 번역가는 역시 부조리를 고발하는 장에서도 닥치고 있어야 하는 존재라고 생각하는 모양이다.(번역가가 벼슬일 수 있는 출판사가 어디인지 매우 궁금하다. 그들과 일하고 싶다.)

자본주의(현대 봉건주의라고 부르는 게 합당할까)에 의

한 침묵이 존재하는 한, 번역가는 자신의 권리를 주장하거나 노동에 대한 합당한 대우를 요구하기 힘들다. 그래서 나는 인터뷰 요청에는 대체로 응하는 편이고, 라디오 방송에서 어수룩한 말솜씨가 뽀록나는 한이 있더라도 번역가의 생생한 목소리를 들려주고자 애쓴다. 치욕감을 느끼게 하는 청탁이 아닌 한 받아들이는 편이고, 출판사에서 요청받은 이 책도 기어코 써내고 말았다. 내게 주어진 이 일이 얼마나 답답하고, 막막하고, 힘든지 어떻게든 기록으로 남기고 싶어서다.

비록 그것이 우아한 기록은 아닐지라도.

차례

3부 목소리에서 활자로

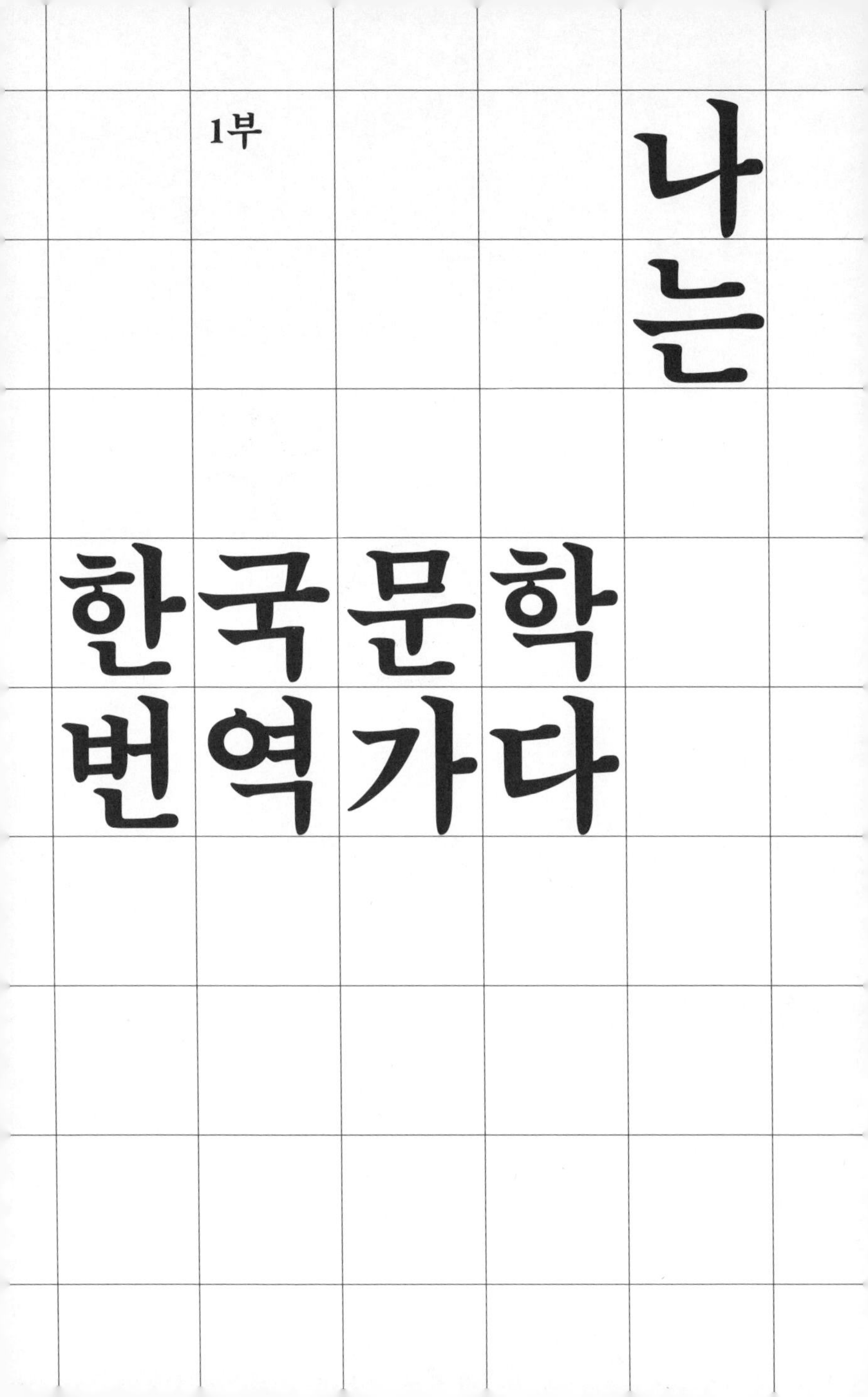

1부

나는 한국문학 번역가다

무서운 분

얼마 전 한국의 어느 출판사 저작권 담당자와 통화를 한 적이 있다. 그런데 전화를 끊고 몇 분 지나지 않아 그 담당자가 이메일을 보내왔다. 전화 통화 감사하다는 인사말로 시작된 이메일은 생각보다 '무서운 분'이 아니라서 다행이라는 내용이었다.

'무… 무서운 분이라니? 아니 어딜 봐서 내가 무섭단 말이지?'

온종일 컴퓨터 앞에 앉아 있는, 키 작고 심지어 배가 나오기 시작한 중년 아저씨일 뿐인 내가 무섭다니 도대체 왜?

그런데 그 말이 신경이 쓰였고 머릿속에서 떠나지 않았다. 번역 작업을 하면서도 내내 그 말이 걸려 기억의 필름을 돌리려 애써보았다. 말실수를 하지는 않았나,

본의 아니게 무례한 행동을 한 적은 없는가. 아무래도 한국인 시스젠더 아재로서 뜻하지 않은 실수를 하는 일도 있을 테고 나이를 먹을수록 매사 신중하고 조심해야 한다고 느끼던 차였다.

노벨 문학상을 수상한 미국의 소설가 토니 모리슨은 "나이 든 사람의 순진함은 의도와는 무관하게 폭력으로 왜곡된다"는 말을 한 적이 있다. 그러니 사람은 나잇값을 해야 한다. 어린이나 젊은이가 아닌 나이 든 사람의 순진함과 무지는 폭력으로 변조되기 십상이다.

오래전 이화여자대학교 통번역대학원에서 강의를 시작했을 때의 일이 생각났다. 첫 강의 전 동료 번역가 한 사람이 나를 따로 불렀다. 너무 세 보이니 학생들을 가르칠 땐 최대한 부드러워지라는 당부였다. 평상시에는 상관없지만 교수가 그런 인상을 주어서는 안 된다고 그는 충고했다. 동료나 선배와는 달리 교수가 강해 보이면 상대방에게 위압감을 준다는 것이다. 물론 동료나 선배일 경우에도 상대의 마음과 기분을 당연히 배려해야 한다. 더욱이 학생보다 권력관계에서 우위에 있고 특별한 지위를 가진 교수로서 학생들에게는 한층 마음을 써야 한다. 하지만 그건 교수(사실은 시간강사였지만)였을 때의 얘기다.

출판사와의 관계에 상하가 존재한다면 갑은 오히려 출판사 쪽이다. 대한민국에서는 출판 관례상 번역하고 싶은 작품에 대한 번역권을 출판사가 일부 혹은 전적으로 보유한다. 즉 번역가가 영어로 번역해 보고 싶은 한국문학 작품이 있다면 작가에게 허락을 받았을지라도 한국 출판사에서도 허락을 받아야만 해외 출판사에 그 책의 저작권을 판매할 수 있다. 심지어 작가가 자기 작품의 영어 번역을 특정 번역가에게 맡기고 싶어도 출판사가 거절하면 그만이다.

실제로 샘플 번역권을 요청하는 번역가에게 매우 깐깐하게 구는 몇몇 한국 출판사들이 있는데 나는 에너지 소모가 싫어서 이런 출판사들의 책들은 아예 번역할 목록에서 제쳐둔다.

'이런 내가 무섭다니…?'

한국문학 번역가에게 무서워할 만한 지위가 존재한단 말인가? 그렇다면 그 순간이 처음으로 한국문학 번역가로 탄생하는 때일지도 모른다.

물론 나는 그 이전에도 몇 년 동안이나 한국문학 번역가로 일해 왔다. 하지만 그건 지극히 추상적 개념이었을 뿐 피부에 와닿는 나의 일상과는 거리가 먼 일이었다.

스스로 한국문학 번역가라고 믿기까지 몇 년이 걸린 이유는 한국문학 번역가의 수가 절대적으로 적기 때문이다. 영한(영어에서 한국어로) 문학번역의 경우 전업 번역작가들이 꽤 있지만 한영(한국어에서 영어로) 문학번역을 전업으로 하는 번역가는 거의 보기 힘들다.

일생 동안 많아야 번역 도서 세 권 정도를 내는 비전업 문학번역가들(이를테면 대학교수들) 가운데는 그나마 한영 번역가가 몇몇 있으나 나처럼 한영 문학번역을 전업으로 하는 번역가는 다섯 손가락에 꼽을 정도다. 다시 말해 전 지구를 통틀어 세 명 남짓이 전부라는 뜻이다.

영미권 도서 시장의 방대한 규모를 떠올릴 때 얼핏 생각하면 한영 번역가도 많을 것 같다. 그런데 그 드넓은 시장에서 번역서 비중은 3퍼센트에서 아무리 많아도 5퍼센트를 넘기지 못한다. 그렇다면 그 5퍼센트 중 한국문학 작품이 과연 몇 퍼센트나 될까? 업계에서는 통상 영어권을 통틀어 일 년에 한국문학 작품이 열 권만 출판되어도 많은 편이라고 여긴다.

나는 최근 미국문학번역가협회American Literary Translators Association, ALTA가 주관하는 전미번역상 소설 및 산문 단행본National Translation Award for Prose 부문 심사위원을 맡은 적이 있다. 당시 심사위원들이 읽어야 했던 약 250권의 번역서 중 한국문학 소설이나 산문집은 고작 다섯 권뿐이었다.

영미권에서 한국문학 출판이 양적으로 부진한 이유는 여러 가지로 설명할 수 있다. 여전히 인지도가 낮은 한국문학의 현실, 영미권 출판계의 고질적인 백인 우월주의(그나마 프랑스 문학이나 이탈리아 문학은 영미권에서 많이 번역되는 편이다), 한국어와 영어 간의 언어학적·문화적 거리 등의 원인이 있다. 게다가 번역가가 개인 차원에서 책 한 권의 번역 권리를 얻으려면 엄청난 장벽을 넘어야만 한다. 단 한 권의 책을 팔기 위해, 세계무대에 존재하는 이 모든 장벽을 넘기 위해 번역가는 힘겹게,

거의 혼자서 외로이 투쟁한다.

그에 비하면 번역을 하는 일 자체는 오히려 쉽다고 할 수 있다. 반면, 번역 계약을 따오는 과정은 정보의 불균형 속 베일에 가려진 해외 출판업계에서 매일같이 빛을 찾아 헤매는 과정이나 매한가지다. 장벽을 넘는 일, 다시 말해서 번역 출판 계약을 따내는 작업이야말로 내 하루의 일상 가운데 8할을 차지한다. 요약하면 번역 계약을 성사시키는 작업에는 번역을 하는 시간보다 훨씬 더 많은 시간이 필요하다.

이 작업은 속된 말로 100퍼센트 '맨땅에 헤딩'하는 것이나 마찬가지다.

일단 번역하고 싶은 책이 있으면 저작권자인 한국 출판사에서 해당 도서에 대한 번역 허락을 받는다. 그런 다음 샘플 번역을 제작하고(길면 좋다고도 하는데 영어로 5,000단어쯤이면 적당하다) 제안서를 쓴다. 그러고 나서 영어권 출판사에 제출하고 몇 개월을 기다린다. 무려 일 년 넘게 기다린 적도 있다.

제안서가 영미권 편집자의 마음에 들었다면 이제 물

꼬가 트인다. 영미권 출판사에서는 한국어 사용자에게 해당 도서에 대한 보고서를 의뢰한다. 영미권 편집자는 이 보고서 및 내가 쓴 제안서와 샘플 번역으로 자신이 속한 출판사의 집행부, 마케팅부 등 모든 부서를 설득한다.

"영미권 독자는 번역문학을 읽지 않는다"는 인식이 만연한 상황이라 신경숙, 한강, 박상영 같은 슈퍼스타 작가들의 작품조차 매 출판 단계에서 이러한 길고 힘겨운 설득 과정을 거친 후 채택된다. 샘플 번역은 기본이고, 여러 단계의 설득 과정에서 수많은 도서 리뷰, 인터뷰, 이메일을 중간에서 쓰고 번역하고 설명하는데 이 모든 작업은 무상으로 하는 것이 관례다.

그러니 오늘날 영미권 출판사에서 한국 책을 출판하는 일은 기적에 가까운 일이고, 성사가 되면 나는 지금도(지금도!) 감격의 눈물을 터트린다. 이 말에 추호의 거짓도 없다는 건 나의 배우자가 증명해 줄 것이다.

물론 해당 작가에게 에이전트가 있다면 굳이 번역가들이 나서서 외국 출판사에 저작권을 판매할 필요가 없다. 하지만 아직까지는 우리나라 작가들이 에이전트의 관리를 받는 경우가 흔하지 않다. 내가 번역한 책들

가운데 절반쯤은 에이전트가 세일즈를 맡았지만, 당시 에이전트를 가지지 못했던 박상영의 《대도시의 사랑법》(영역본은 *Love in the Big City*)이라든지 정보라의 《저주토끼》(영역본은 *Cursed Bunny*)의 경우 앞서 말한 '맨땅 헤딩' 작업을 오롯이 혼자서 해야 했다. 이쯤 해서 정말 대단한 일을 하고 계시는 국내외 몇 안 되는 한국문학 에이전트분들 모두에게 응원의 박수를 보낸다.

이제부터 잠깐 한국문학번역원 얘기를 해보자.

업계 사정을 모르는 사람들은 한국문학번역원이 문학번역가를 고용하거나 혹은 에이전트처럼 한국문학 작품의 저작권을 해외 출판사들에 팔고, 번역가들은 수동적으로 번역원에서 번역 일을 받아 작업한다고 생각하기 쉬운데 이건 큰 오해다.

한국문학번역원이 이런 일을 대신 해주면 얼마나 좋으랴. 하지만 이는 동화에나 나올 법한 꿈같은 얘기다. 아니, 거기까진 바라지도 않는다. 번역가 섭외 문의가 들어올 때 나를 추천이라도 해주면 좋으련만 단 한 번도 그런 적이 없다. 내가 출판한 모든 책은 내가 직접 의뢰받거나 내가 알아서 팔아야 하는 것들이었다.

한국문학번역원은 국제 행사 개최, 에이전트나 번역가가 성사시킨 계약에 대한 금전적 지원 등 실질적 중요성은 있어도 번역가에 비하면 오히려 훨씬 수동적인 역할을 맡는다. 실은 어떠한 유의미한 출판 세일즈 활동도 하지 않는다고 보는 편이 진실에 가깝다. 되풀이하지만 적극적으로 책을 발굴하고, 샘플을 만들고, 해외 출판사에 책을 어필해서 저작권을 판매하는 일은 번역가가(나아가 몇몇 에이전트들이) 한다.

이 기나긴 세일즈 과정에서 한국문학 번역가 지망생 절대다수가 나가떨어지고 만다. 혹은 한 번쯤 성공을 경험한다 해도 그 힘든 과정의 허무함을 피부로 느낀 나머지 다른 진로를 모색한다. 거의 열 권을 번역한, 이제 중견 번역가로 대우받는 나조차, 2024년 계약이 끝난 후에도 과연 이 일을 계속하고 있을지 확신이 서지 않는다.

지금 이 순간 '한국문학 번역가'라는 타이틀을 달고 산다 해도 내년에는 어찌 될지 모를 일이다. 이것이 한국문학 번역의 현실이기에 누군가에게 '한국문학 번역가'라는 소리를 들으면 그토록 낯설게 들렸는지도 모르겠다.

이 책이 출간된 후 나의 어머니가 읽으신다면 이 대목에서 말씀하실지 모른다.

"세상 모든 일은 어렵단다. 너만 힘든 게 아니야."

옳으신 말씀이다. 세상 모든 어려운 일 가운데 내가 하는 일이 어려운 것도, 그 일을 하는 내가 힘든 것도 당연하다.

백번 양보해서 문학번역이 극강의 어려운 일은 아니라고 치자. 그래도 문학번역가로 살아남는다는 것은 '세상의 일'이니 역시나 힘들지 않을 수 없다. 한국문학 번역가의 수가 워낙 적다 보니, 그리고 그만큼 힘들다고 떠드는 사람이 적다 보니 언젠가부터 번역이라는 일이 '누구나 할 수 있는 일'이 되어버렸다. 정확히 말하면 20여 년 전부터 시작한 조기유학 붐으로 어설픈 이중언어 구사자들이 번역 시장에 쏟아져 나오면서부터다.

부모 따라 해외에서 한두 해 살아본 사람조차 자기 자신이 데보라 스미스(《채식주의자》의 영역본 *The Vegetarian*

으로 저자 한강과 함께 2016년 부커상 국제 부문에서 수상했다) 선생님보다 낫다고 생각한다. 2016년 데보라 선생님은 이런 메일들을 많이 받았는데 읽어보면 말문이 막힐 정도다.

데보라 선생님은 워낙 말을 아끼고 나서지 않는 편이다. 선생님과 성격이 매우 다른 나는 이른바 '무서운 분'이다. 그래서 말한다. 번역은 쉬울지 몰라도, 번역가는 힘들다고.

나는 한국문학 번역가다.

국내파? 해외파?

나는 교포라는 오해를 자주 받는데 실은 엄연한 대한민국 시민권자이며 거주자이다. 어릴 적 약 9년을 해외에 체류했지만 나머지 30여 년은 한국에서 살았다. 게다가 그 9년 동안에도 2~3년 단위로 외국과 한국 사이를 왔다 갔다 했다. 당시 미국 학제에서는 6~8학년이 중학생, 한국에서는 7~9학년이 중학생이었기에 4년이나 지겹도록 중학교에 다녀야 했고 이는 트라우마가 되어 40대인 나의 꿈속에 중학교 시절의 악몽이 되살아나곤 한다.

'유학파'라는 오해도 받는데 이에 대한 조금 상세한 설명이 필요하다. 유학이란 보통 부모와 떨어져 살면서 공부하는 것을 말한다. 나의 경우 주재원 자녀였기에 아버지 근무지인 해외에 따라갔지 내 공부를 위해서 간 게 아니다. 엄밀히 말하면 서울에 있는 대학에 다니려고 과천 부모님 댁에서 독립했을 때가 첫 유학인 셈이다(참고로 과천은 행정상 경기도지만 서울 강남구와 전화 지역번호가 같을 정도로 서울과 가깝다). 즉 나는 조기유학을 위해 아버지가 '기러기 아빠'가 되거나, 해외 대학을 졸업하고자 거액의 등록금을 대면서 타향살이를 한 케이스가 아니라는 뜻이다. 그런 행위의 옳고 그름을 판단하려는 게 아니라 나는 그런 경우가 아님을 말하고 싶을 뿐이다. 편안한 중산층 준공무원 집안이긴 했어도 유학을 보낼 만큼 편안한 형편은 아니었으니까.

나는 당연히 해외 대학 진학을 원했지만 부모님의 완강한 반대로 포기해야 했다. 장학금이나 해외 학자금 지원조차 막을 정도로 부모님이 해외 유학의 경로를 철저히 차단해 선택의 여지가 없었고 도전도 못한 채 포기해야 했다. 돈이 문제였다면 어떻게든 방법을 찾아냈을 텐데 부모님은 자존심 때문인지 절대 돈 얘기는 하지 않고 "한국 사람은 한국 대학을 나와야 한다"는 억지 논리를 되풀이하며 나를 한국에 묶어두셨다.

그리하여 국내 그 어느 대학에도 만족하지 못한 나는 한국의 세 대학을 전전했는데, 공교롭게도 세 교육기관 모두 영문 명칭에 'Korea' 혹은 'Seoul'이란 단어가 들어 있다.

내가 태어난 스웨덴은 출생한 아기가 그 나라 국적을 취득하는 속지주의 국가가 아니다. 게다가 당시 공무원 사회에서는 자녀가 대한민국 국적이 아니면 인사 불이익을 받기에 외국 시민권은 꿈도 꾸지 못했다(요즘 한국 외교관 자녀 중 미국 국적자가 많은 건 느슨해진 규제 때문일까). 대한민국 시민권자이기 위해서는 성인이 되기 전에 복수국적을 포기해야 하는데 나는 애초에 포기할 외국 국적이 없었다. 해외에 다른 가족도 없을뿐더러 번역은 전 세계 어디에 살건 할 수 있는 일이니 대한민국 아닌 다른 나라에서 살겠다고 진지하게 고려해 보지 않았다. 고로 나는 태어났을 때부터 한국인이었고 출생 후 40년이 지난 지금도 여전히 한국인이다.

이게 끝이 아니다. 나는 군복무 중 크게 다쳐 상이군경 국가유공자가 되었다. 국가유공자라고 하면 대체로 '국가유공자 자녀'를 떠올리는데, 나의 경우 국가유공자 본인이며 자녀이기도 하다. 베트남전 참전 용사인 아버지는 2011년 국가유공자들의 대대적 승격 때 유공자로 지정받으셨다. 나는 2002년 국가유공자가 되었으니 유공자로는 아버지에 앞선 셈이다.

거기다 난 심지어… 한국문학 번역가로 일하고 있지 않은가. 과연 내가 지구상에서 가장 한국스러운 사람이 아닌가 싶다.

통번역대학원 학생들은 해외파와 국내파로 나뉜다. 전자는 해외에서 살다 온 학생들, 후자는 대학생이 되기 전 해외에서 살아본 적이 없는 학생들이다. 경험상 국내파와 해외파의 구분이 그다지 유의미해 보이진 않는다.

나는 통번역대학원 출신이 아니지만 얼마 동안 통번역대학원에서 영작과 한영 번역을 가르쳤다. 그때도 느꼈지만 해외파든 국내파든 모든 학생은 저마다 장단점이 있다. 그걸 잘 인지하고 스스로의 필요에 맞게 훈련하면 얼마든지 훌륭한 번역가가 될 수 있다.

예를 들어 해외파는 텍스트를 읽는 속도가 빠르고 상대적으로 짧은 시간에 영작을 할 수 있다. 반면 국내파는 전반적으로 해외파보다 텍스트를 더 꼼꼼히 읽고 (이해하기 어려운 텍스트일수록 더 집중하므로) 심사숙고해서 문장을 작성한다. 따라서 결과물만 보면 그다지 큰 차이가 나지 않는다.

오히려 해외파 학생들이 영어 실력을 과신한 나머지 건성으로 텍스트를 읽어 잘못 이해하거나 작문에서 자질구레한 실수를 하는 경우가 많다. 이런 학생들이 매우 낯익은 이유는 나 역시 그런 학생 중 하나였기 때문이다.

나는 수많은 번역가 지망생들을 봐왔고, 앞서 언급한 문제점을 가진 해외파 학생들도 꽤 자주 접했다. 그들에게 당부한다. "출중한 영어 실력은 날개가 될 수도 있지만 목발로 걷게 만들 수도 있다. 나는 것에 너무 익숙한 나머지 걷는 방법을 까먹어서는 안 된다"고. 결국 훌륭한 번역가란 명문 대학을 졸업한 번역가나 '원어민' 번역가가 아니라 번역과 자신에 대해 끊임없이 고민하는 번역가이므로.

무슨 배짱으로

언젠가 〈문장의 소리〉라는 라디오 방송과 인터뷰를 한 적이 있는데 진행자는 나를 소개하며 굉장히 공부를 많이 한 사람이라고 했다. 순간 적잖이 당황했다.

'내가 공부를 많이 했다고? 아마도 세상에서 나보다 공부를 싫어하는 사람은 찾기 힘들 텐데….'

유치원 시절부터 대학생이 되어서도 부모님은 얼굴만 마주치면 공부하라고 지청구를 하셨다. 지금도 "노는 것만큼 공부도 열심히 하면 얼마나 좋겠니?" "TV 그만 보고 공부 좀 하렴" 하시던 부모님 목소리가 귓전에 들리는 듯하다. 2, 3년 단위로 전학하며 한국의 교육 시스템과 국제 학교 시스템에 번갈아 적응해야 했던 나는 시스템에 따라 달라지는 공부 스타일을 어설프게 쫓아갔다. 대학 진학 후엔 법대의 암기식 수업이 하도 지겨워 법대생 최초로 이중 전공자가 되기도 했다. 법학을 이중 전공하는 다른 과 학생들은 많았지만 법대생이 다른 전공까지 공부하는 건 당시로서는 이례적이었다(그것도 법과 딱히 관련이 없는 심리학을 택했는데 당시에는 법심리학 수업이 없어서였다). 법학 공부는 하기 싫고 학교에 전과 제도도 없어서 궁여지책으로 택한 방법이었다.

그리하여 나의 대학 졸업장에는 '법학사'와 '문학사'가 모두 찍히게 되었으므로 나는 영문 이력서에 전공을 표기할 때 'LL.B.-B.A.'(각각 Bachelor of Laws와 Bachelor of Arts의 약자로 법학사 및 문학사를 뜻한다)라고 적는다. 그런 후에도 한국방송통신대학교에서 불문학을 전공했고, 고등학교 때 부모님 반대로 포기한 영문학에 대한 한을 풀기 위해 영문학과 대학원에 진학해 석사 학위를 땄다. 즉 모두 합해 대학 학위가 넷인 데다 전공도 법학, 심리학, 불문학, 영문학으로 네 가지나 된다.

공부는 싫었지만 영문학이나 프랑스어가 좋아서 얼떨결에 한 선택이었다. 맘껏 기량을 발휘한 대학원을 제외하면 전반적으로 굉장히 뛰어난 학생은 아니었지만 아무튼 서류상으로는 매우 공부를 많이 한 사람으로 보인다는 사실을 그제야 처음으로 실감했다. 사실, 방송대에서는 학사 학위 서너 개를 가진 사람은 수두룩하고 대여섯 개 학위가 있는 학우도 쉽게 접했기에 스스로가 공부를 많이 했다는 생각을 하진 못했다. 방송대 학생들이야말로 굉장히 공부를 많이 하는 분들이어서 그들에 비하면 명함도 못 내밀 정도였다. 그러니 스스로를 공부와 상관있는 인간이라고 여기지 않았다. 다만 책 읽기를 무척 좋아해서 독서의 힘으로 무식할 정도로 '맨땅 헤딩'을 하다 보니 어느덧 문학번역으로 먹고사는 인간이 되어 있었다.

서류상 어떻게 보이든 공부를 잘한 건 절대 아닌 데다 그다지 공부를 많이 한 것 같지도 않다. 실은 공부를 못했기에 번역 일을 하게 되었음이 더 진실에 가깝다고 할까. 물론 대다수 현역 번역가들은 매우 공부를 잘하신 분들이고 석사 학위 정도는 가진 사람들이 많은 듯하다.

그런데 번역가에 대해서는 사회생활 부적응자, 회사나 학계에 진입하지 못하거나 무리에서 낙오된 사람이라는 인식 또한 만연하다. 번역은 학창 시절 아르바이트 정도의 노동이고, 사회생활의 '진짜 노동'이란 회사에 출퇴근하는 노동으로 보는 것이다.

나는 학부 시절 외교부에서 유급 인턴으로 일한 적이 있는데 일 년 계약이었지만 4개월 만에 그만두었다. 같이 일하는 분들도 좋았고 외교부의 신사적인 분위기도 마음에 들었다. 하지만 그런 환경 속 조직 생활이 나와 맞지 않다고 느꼈다. 아침마다 정해진 시간까지 일정한 장소에 도착해 내내 한곳에 앉아 있는 것이 죽도록 싫었다. 전화를 받는 일조차 너무나도 하기 싫었다.

이런 나였기에 데드라인만 지키면 유연하게 노동시간을 운용할 수 있는 번역 일에 더 끌릴 수밖에 없었다. 물론 내가 아는 번역가들 중에는 사내 번역가들도 많고 그분들 대다수가 사회생활을 잘하는 사람들이라 이 같은 스테레오타입에 해당하지 않는다. 아직까지도 일 때문에 걸려온 전화벨 소리를 듣는 순간 받을지 말지 망설이는 걸 보면 나는 전형적 프리랜서 번역가 타입에 속하는가 보다.

그렇다고 번역을 만만한 일로 보아서는 안 된다. 가끔 "은퇴하면 한국문학을 외국어로 번역이나 하겠다"는 대학교수들이 있는데 참으로 배짱이 큰 분들이다. 세상에는 전업 한국문학 번역가의 수보다 대학에서 문학을 가르치는 교수의 수가 압도적으로 많다. 앞서도 말했다시피 한국문학을 영어로 번역하는 전업 번역가의 수는 전 세계(강조하지만 '국내'가 아니다)에서 다섯 손가락에 꼽을 정도니까. 그러니 차라리 내가 문학번역에서 은퇴해 '교수나' 하겠다고 말해야 이치상으로는 옳다.

실제로 전업 번역가가 될 엄두를 못 내고 '대학원에나 진학'하는 사람들이 많다. 아무리 테뉴어 되기가 하늘의 별 따기라 한들 혹은 인문학이 위기라고 한들 문학 교수의 수가 다섯 손가락보다는 많지 않겠는가.

하지만 이런 얘기까지 해서 반박하려 들면 상대방 마음만 상하니 "아, 네"라는 답으로 넘긴다. 어차피 이 분들이 은퇴 후 한국문학 번역가가 될 확률은 전혀 없고 나와 무관한 사람들이니 잊고 지나가면 그만이다.

대단한 배짱의 소유자는 또 있다. 평소 한국문학을 거의 접하지도 않으면서 한국문학을 번역하겠다고 마음먹는 번역가 지망생들이다. 딱히 좋아하지도, 읽지도 않으면서 도대체 어떻게 이런 생각을 했는지 모르겠다. 아무래도 조기유학이 흔한 세상이다 보니 문학번역이라는 게 할 만하다 싶은 모양이다.(그런데 왜 하필 문학번역인가? 법문 번역, 회사 카피 번역은 어려워도 개중 문학은 쉬울 것 같아서?)

하긴, 대한민국에서는 번역과 번역가에 대한 인식이 바닥을 치는 것도 모자라 지옥으로 떨어질 지경이니 번역 일을 두려워하지 않는 것도 당연하다. 교포, 유학생, 대학원생조차 문학번역을 해보겠다고 덤비며 한국일보 문학번역상이나 한국문학번역원 샘플 번역에 지원한다. 그러고는 감나무 밑에서 떨어지는 감을 기다리듯 번역 일이 들어오길 하염없이 기다리다 차차 이 길을 포기하는 경우도 많이 보았다.

번역가 지망생도, 문학번역을 지망하는 번역가들도 많다. 하지만 준비된 번역가는 드물다. 영어 전교 1등을 놓치지 않을 정도로 영어 성적이 좋았지만 출판이 가능한 수준으로 영어 문체를 확립하지 못한 지망생이 있는가 하면, 영어 문장의 언어적 패턴과 의미에 대한 이해력이 부족한(한국인 학생은 자신의 국문학 독해력을 과신하는 경향이 있다) 번역가들도 있다.

문학번역은 두 언어의 피상적 이해를 뛰어넘어 출발어의 문학 전통과 도착어의 문학 전통을 잘 파악한 지점에서 이루어져야 한다. 또한 다량의 텍스트를 빨리 소화하고 이른바 그에 대한 '썰'을 풀고 영업할 수준이어야 한다. 번역 속도가 상대적으로 빨라야 하고(책 한 권을 번역하려면 얼마나 많은 시간이 걸리겠는가) 의사소통이 잘 되는 사람이어야 한다. 성격이 급하거나 까칠하거나 타인을 보듬을 줄 모르는 사람이 문학번역과 연결되는 수많은 관계자들(작가, 국내 에이전트, 해외 에이전트, 국내 출판사 및 해외 출판사의 여러 부서, 다양한 해외 독자, 타 언어 번역가 등)과 일한다면 자신은 물론 관계자들에게도 너무 고된 일이 되고 만다. 문학번역가로 일한다면 사람들과의 협업이 필수이므로 혼자 일하고 싶어서, 사람이 싫어서 번역을 선택했다면 속히 다른 일을 찾기를 권한다.

번역가 지망생들 중 종종 마음이 조급한 사람들을 만나곤 한다. 그들은 첫 번역서로 세계적 문학상인 부커상을 수상한 데보라 스미스를 롤 모델로 삼고 한두 해 안에 데뷔하지 못하면 불안해한다. 그러면서 '나는 왜

안 될까' '일찌감치 포기해야 할까' '왜 길이 보이지 않는 걸까' 한탄한다.

냉정하게 분석해 보자. 일 년에 등단하는 한국 작가의 수는 일 년에 한영 번역서를 내는 번역가의 수보다 많다(그것도 배 이상이나). 또한 현재 영어권을 통틀어 일 년에 한국문학 작품이 열 권만 되어도 많이 출판된 것이라고도 했다. 그중 세 권이 안톤 허의 번역서, 그중 세 권이 자넷 홍(하성란의 《푸른수염의 첫 번째 아내》 등을 영역했다)의 번역서라고 치면 그해 여섯 명의 번역가만 책을 낸 셈이다.

데보라 스미스는 특별한 경우일 뿐 현역 한영 문학 번역가들의 경우 데뷔까지 빠르면 5년에서 평균 10년 정도가 걸린다. 번역 수업 졸업부터 단행본 출판까지의 이른바 '죽음의 계곡valley of death'이라고도 부르는 기간이 점점 짧아지는 추세라곤 해도 그들로서는 수련의 시간이 길기만 한 현실이다. 또한 출판이 가능한 수준으로 자신만의 문체를 정립하는 데 필요한 시간은 예상보다 훨씬 더 걸릴 수 있다.

한두 해 한국문학 번역을 시도하다 포기하는 번역

가들도 많다. 아니 대다수가 그렇다고 보아도 무방하다. 그렇다고 해서 포기하지 말고 계속 도전해 보라며 그들에게 희망 고문을 할 생각은 없다. 한영 문학번역도 엄연히 대가를 지불받는 직업이긴 하지만 아무래도 '직업'보다는 유급 봉사 활동에 가까운 경우가 많다. 고로, 긴 공백 기간 생존을 위한 안전한 돈벌이도 모색하고, 시간이 오래 걸릴 것을 각오한 후 계속 문장을 갈고닦으며 이것저것 시도하길 바란다.

그리고 반드시 두둑한 배짱을 갖고 시작하도록.

불타는 쓰레기 수거통

문학번역 따위 관두겠다는 말을 몇 년간 입버릇처럼 되뇌었다. 경제적 여건을 고려하지 않을 수 없는 데다 한국의 출판업계 종사자들, 학계, 혹은 한국문학번역원이나 대산문화재단 같은 번역 관련 기관들의 관료주의와 무례함에 진이 빠지고 정이 떨어졌기 때문이다.

문학번역에 손을 대기 전 돈 잘 버는 통역사이자 번역가였던 나는 갑질을 하거나 무례하게 구는 의뢰인은 미련 없이 내 인생에서 도려내고 다음 의뢰인을 받았다. 하지만 사실 그런 일은 매우 드물었다. 그러니 '문화 자본'에 비하면 '진짜 자본'이 더 솔직하고 깨끗하다고 평가할 수밖에.

매슈 와이너 감독이 1960년대 미국 광고 회사를 배경으로 만든 시대 드라마 〈매드맨〉은 나의 최애 미드다. 그중에서도 내가 가장 좋아하는 캐릭터는 조앤 해리스

(크리스티나 핸드릭스 분)인데 그녀는 엘리베이터 안에서 회사 동료 페기(엘리자베스 모스 분)에게 말한다.

"난 이곳 모두에 불을 싸지르고 싶어."

이 말은 내가 동료들에게 혹은 동료들이 나에게 매일같이 하는 말이기도 했다.

통번역대학원에서 강의하며 학생들에게 충고하곤 했다.

"여러분은 대한민국에서 영어를 가장 잘하는 사람들입니다. 아마도 한영 번역가로는 세계 최고의 실력을 가진 집단일 거예요. 그러니 자부심을 가지고 프로의 마음으로 임하세요."

이 말은 진실이기도 했지만 내가 자주 이런 말을 한 데는 이유가 있다. 전반적으로 불타는 쓰레기 수거통 burning dumpster fire 같은 곳인 번역계에서 이 훌륭한 번역가들에게 온갖 가스라이팅을 가하고 환멸을 느끼게 할 것이 눈에 선했기 때문이었다.

"당신은 얼마든지 대체 가능한 사람이다"라는 둥 "널린 게 당신 같은 통번역가다"라는 둥의 언사는 실제로 내가 가르친 졸업생들이 급여 협상 과정에서 들었던 말이다.

이 땅의 모든 번역가 지망생에게 고하노라. 그런 말을 믿지 말 것. 당신 같은 번역가는 오로지 당신만이 유일하다. 당신은 대체 가능하지도 않고, 대체된다 한들 그런 악조건에서 좋은 번역이 나올 리 만무하니 그 자리를 아쉬워할 필요가 조금도 없다.

아니, 오히려 클라이언트는 얼마든 대체 가능하며 번역 일은 도처에 널려 있다.

나는 번역가를 제대로 대우할 생각이 없거나 상식에서 벗어난 행동을 하는 의뢰인을 만날 때면 곧바로 일을 거절한다. 그러면 하청업자에 대한 갑질이 익숙한 이 의뢰인들의 반응은 한결같아서 "감히 내 뺨을 때리는 사람은 네가 처음이야" 하는 분위기다. 하지만 나로서는 그런 번역 해도 그만, 안 해도 그만이다. 누누이 말하지만 번역 일은 널린 반면 적정 수준의 번역을 데드라인 내에 송고할 수 있는 번역가는 생각만큼 흔하지 않다.

문학번역도 그렇다. 편협한 국수주의자들은 한국문

학이 이처럼 뛰어나니 해외에서 한국문학을 번역 출판하려고 안달인 줄 안다. 한번은 국내 대학에서 강연을 하는데 한 대학교수가 번역 지원금이라는 인센티브의 필요성에 의문을 제기했다. 번역 지원금 체제가 불필요하다는 그의 말에 그 자리에 있던 전문 문학번역가들은 경악을 금치 못했다.

현실은 이 대학교수의 환상과는 사뭇 어긋난다. 미국 사람 대부분은 대한민국이라는 나라가 어디 붙어 있는지도 알지 못한다. K팝이 잘나간다고 해서 한국문학도 잘나간다고 생각하면 오산이다. 블랙핑크에 열광하는 팬들이 갑작스레 황석영 소설을 읽고 싶다는 충동을 느낄까? 한국에서도 그런 일이 일어나진 않는다.

한국문학을 해외에서 팔려면 재능 있는 번역가가 그 작품을 돋보이게 해야 한다. 수많은 영미권 작품과 경쟁할 수 있도록 작품의 매력을 어필해야 한다. 이건 물론 에이전트가 해야 할 일이다. 하지만 몇몇 예외를 제외하면 영미권 에이전트의 한국어 실력은 작품을 읽을 정도가 못 되고 국내 에이전트는 타인을 설득해 낼 정도로 영어가 유창하지 못하다(국내 에이전트와 해외 에이전트가 팀을 이루면 이 점은 극복 가능하다). 따라서 에이전트가 있다 해도 번역가는 해외 출판사와의 회의에 자주 투입될 수밖에 없다.

하지만 상당수의 프로젝트에 에이전트가 아예 관여조차 하지 않는 것이 현실이다. 내가 영역한 책들도 절반 정도가 에이전트의 도움 없이 해외 출판에 성공했다. 부커상 후보로 지명된 박상영의 《대도시의 사랑법》 영역본이나 정보라의 《저주토끼》 영역본 모두 그런 경우였다. 그러니 내가 하는 이 모든 일을 할 수 있는 또 다른 번역가를 구할 자신이 있으면 해보라는 심정이다. 나를 대체 가능한 부품 정도로 여기는 저작권자와 협업할 생각이 없기는 나도 매한가지이므로.

문학번역가 지망생의 '죽음의 계곡'

벤처기업 발전 과정에서 초기에 수입이 적고 투자에 따른 지출이 높은 단계를 '죽음의 계곡'이라고 부른다. 이 험난한 지점에서 많은 기업들이 자리를 잡지 못하고 실패하고 마는데, 이는 기업의 제품이 나빠서가 아니라 죽음의 계곡을 뚫고 나가게 해줄 자금 유입이 부족하기 때문이다.

나는 2017년 전업 문학번역가로 전직하기 전 오랫동안 통역과 번역의 여러 분야에서 열심히 일해 왔다. 몇 년 동안 과학기술 정책과 관련된 학술 저널 교정을 보기도 했는데 이때 '죽음의 계곡'이라는 용어에 익숙해졌다.

나의 경우 공식적으로 문학번역 수업을 받고 첫 단행본 번역서를 펴내는 데 약 9년이 걸렸다. 이 기간이 나의 '죽음의 계곡'이었고, 번역가 지망생들 대부분이 문학번역가의 길을 포기하는 것이 바로 이 지점이기도 하다. 나 또한 마찬가지였다. 한동안 포기를 결심했기에 죽음의 계곡 속에서의 시간은 3년이나 연장되고 말았다. 이때 포기하는 번역가들 중에는 단행본을 내지는 못했지만 잡지에 단편 번역을 발표하거나 한국일보나 한국문학번역원에서 개최하는 '번역 대회'에서 입상하거나 대학원에서 문학번역을 전공하는 경우가 비일비재하다. 그들은 상을 타고 학위를 성취하지만 끝내 데뷔하지 못한 채 문학번역계에서 영원히 사라지고 만다.

번역 업계에서 '지망생'이라 함은 아직 단행본 번역서를 출판하지 못한 경우를 뜻한다. 죽음의 계곡에서 보내는 시간은 번역가마다 다른데 이는 각각의 개인적 사정이 다양한 데다 데뷔 자체가 워낙 운이 많이 따르는 일이기 때문이다. 유명한 번역가들도 데뷔까지 짧게는 한두 해, 길게는 10년이 걸리기도 한다.

번역문학 전문 웹진 〈애심토트 저널Asymptote Journal〉에서는 번역 대회를 개최하는데 단행본 두 권을 출판한 경우만 제대로 데뷔한 것으로 인정한다는 심사 규정이 있다. 책 한 권을 번역 출판한 후 다시는 책을 내지 않는 번역가들이 많기 때문이다. 〈애심토트 저널〉의 규정에 따르면 나 또한 2018년 11월 30일, 두 번째 번역서를 내고 나서야 '문학번역가 지망생'에서 '문학번역가'로 발돋움했다.

하지만 책 한 권만 내도 아무 책도 내지 않았을 때와는 극명한 차이가 있다. 특정 펀딩이나 레지던시에 지원할 자격을 얻었고(혹은 반대로 자격을 박탈당했고), 번역 일로 오디션을 볼 때 이 분야 전문가로 대우받기 시작했다. 물론 지금도 에어로빅 타이즈를 입고 오디오에서 흘러나오는 〈왓 어 필링What a Feeling〉을 들으며 출판사들을 위해 열심히 춤을 춘다는 심정으로 번역가 오디션을 보고 있다.

그래도 예전과는 뭔가 느낌이 다른 게 분명하고, 커리어에 있어 조금은 안정적 시점에 도달한 듯하다. 물론 강사 일 등의 '문학번역 인접' 노동으로 번역 수입을 약간 충당해야 하는 현실은 여전하다. 번역을 가르치는 것 또한 문학번역 수행에 매우 중요한 일부를 차지한다고 생각하긴 하지만….

그렇다면 첫 책이 나올 때까지 무엇을 해야 하는가? 다시 말해서, 다른 사람들은 계곡에서 뭘 하며 살고 있을까? 저마다 다르지만 예를 들면 다음과 같은 일들이 있다. 프리랜서로 생활하기, 대학원에서 번역 전공하기, 대학원에서 번역이 아닌 분야 전공하기, 돈 벌어오는 배우자 뒷바라지하기, 강의하기(한국이나 일본에서 영어 가르치기가 유행이다), 국제 봉사 활동 나서기, 사이비 종교에 빠지기, 마약에 빠지기, 진짜로 죽기…. 대략 그러하다.

죽음의 계곡은 번역가가 세상 물정을 배우는 곳이며 자신이 정말로 문학번역이라는 일에 스스로의 운명을 맡기고 싶은지 고민해 보는 기간이기도 하다. 한마디로 말해 죽음의 계곡에서는 먹고살기 위해 돈을 모으지만 경험과 소재를 모으기도 한다.

나는 이 시기에 온몸으로 언어를 익히고 언어 속에서 자리를 잡는다고 생각한다. 번역가들은 육체가 어디에 거주하든 항상 자신의 언어 속에서 살아간다. 번역가에게 언어란 항상 돌아갈 수 있는, 마음속에 존재하는 어느 고장과도 같다. 죽음의 계곡에서 우리는 이 고장의 지리를 익히며 과연 내가 오랜 시간 이곳에서 살고 싶은지, 살 수 있는지를 고민한다. 즉 달리 은유하면 죽음의 계곡은 일종의 '영혼의 어두운 밤'이기도 하다. 이 어두운 밤이 지나면 언어에 대한 지식은 물론이고 자기 자신, 그리고 자신이 살고 있는 세상에 대한 진리를 발견한다. 그 진리는 자신이 문학번역이 아닌 다른 길을 가야 한다는 깨달음일 수도 있다. 문학번역을 할 정도로 다중 언어 사용에 익숙한 젊은이라면 그보다 유익한 일 또한 얼마든지 할 수 있다. 참고로 자바스크립트 등 컴퓨터 언어를 배우는 일은 그 어떤 자연언어를 배우는 것보다 훨씬 쉽고 금전적 수익성도 훨씬 높다.

나는 독일 문학 번역가이자 컬럼비아대학에서 문학번역을 가르치는 수전 베르노프스키Susan Bernofsky 교수만큼이나 문학번역이 과연 현실적인 직업인지 의심스러워하지만(베르노프스키 교수가 이에 대해 쓴 글은 모든 문학번역가 지망생들에게 필독을 권한다), 아무려나 나를 포함한 몇

몇 번역가가 이 직업을 전업으로 수행하고 있는 것 또한 현실이다.

하지만 문학번역에 몸을 담그기 전 자신의 언어 조합에 얼마만큼 펀딩이 가능할지 가늠하고, 여타 수입으로 번역 일 수입 외에도 소득을 벌충할 각오를 해야 하며, 죽음의 계곡에서 나오기까지 많은 네트워킹과 실력 쌓기의 시간이 기다린다는 사실도 인지해야 한다.

문학번역가가 되기는 매우 쉬워 보이며 당신이 문학번역을 생각한다면 이미 상당한 실력이 있다는 사실을 반증한다. 물론 번역 일 자체는 그다지 힘들어 보이지 않을 수 있다. 하지만 번역 일을 따내는 일은 결코 쉽지 않다. 문학번역가로서의 데뷔에 대해 물었더니 거의 모든 번역가가 운이 따라야 한다고 강조했다. 하지만 운 또한 준비된 자에게 오고, 각자가 준비할 수 있는 분야도 다를 것이다. 그러니 문학번역가로서 죽음의 계곡에서 빠져나가는 당신의 길은 다른 번역가와는 다른 길일 수밖에 없다.

마지막으로 그 길이 당신을 어디로 인도하든, 결과

가 아닌 과정에서 무엇을 얻느냐가 더 중요하다는 사실을 잊지 말기 바란다. 책을 내고 안 내고는 중요하지 않다. 난 문학 밖에서 했던 일들을 아주 후회하지는 않는다. 여러분에게도 당부하고 싶다. 계곡에서의 시간을 즐기길. 이것도 다 모험일 터이니.

—*Words Without Borders*, 2018. 11. 12.

몸으로 하는 일

번역은 몸으로 하는 일이다.

번역 같은 지적 노동에는 굳이 '지적'이라는 수식어를 붙이지만 따지고 보면 생각도 몸으로 하는 것이니 번역 또한 몸으로 하는 노동으로 생각해도 무방하다.

20세기 심리학의 역사는 인간의 심리가 영혼에서 신체로 옮겨 간 역사이기도 하다. 뇌 과학이 눈부시게 발전하면서 데카르트가 말한 몸과 정신의 이분법적 논리는 희미해지고 말았다. 정신은 결코 몸과 분리된 것이 아니며, 몸 또한 정신에 지대한 영향을 끼친다고 인식하게 된 것이다. 번역도 이에 해당되며 오래 할수록 몸이 지친다. 물론 육체노동에 비하면 더 나은 노동환경에 있는 건 사실이지만 한꺼번에 많은 시간 번역을 하면 기진맥진해지는 것을 느낀다. 맨 처음 번역 일에 뛰어들었을 땐 이 사실을 알아차리고 신기해하던 것이 기억난다.

해외 출장이 매우 잦았던 어느 해, 그날도 출장 중 아침부터 밤늦게까지 수행 통역을 한 나는 두바이의 호텔 복도에 쓰러져버렸다. 호텔 측에서 CCTV를 봤다면 난리가 났을 텐데 늦은 밤이라 모니터에서 잠시 눈을 돌렸던 모양이다. 나는 남아 있는 의식 한 조각에 지탱해 간신히 호텔 방까지 기어갔는데, 뇌의 영어 영역과 한국어 영역이 모두 마비된 상태여서 프랑스어로 지껄이며 겨우 생각을 이어갔다.

"Il faut me lever. Il faut me laver. Il faut survivre(일어서야 해. 씻어야 해. 살아남아야 해)."

그렇게 겨우 일어나 씻은 다음 내일이면 반드시 한국어와 영어가 다시 작동하길 빌며 잠에 빠져들었다.

번역가들이 번역에 대해 쓴 책은 참 많다. 그중에서도 프랑스어 번역가인 케이트 브릭스Kate Briggs의 《이 작은 예술This Little Art》이라는 에세이집은 2018년 출판 당시 영미권 번역가들 사이에서 크게 화제가 되었다. 나는 이런 표현은 이렇게 번역했느니, 저런 표현은 저렇게 번역했느니 하는 번역 에세이는 지루해서 읽지 않는다. 반면 이 책은 번역에 대한 책이 아닌 것 같은 번역에 대한 책이어서 좋았다.

가장 재밌는 부분은 에어로빅댄스 시간을 묘사한 부분이었다. 저자는 번역이나 책에 관해서는 한마디도 언급하지 않는다. 댄스 실력이 천차만별인 다양한 남녀노소가 수업에 참여하는데 이들은 저마다 잘 뻗어지지 않는 다리를 열심히 뻗어보고 닿지 못할 높이에 닿고자 열심히 뛰어오른다. 책에서는 이 모습을 세세하게 묘사하는데 그것이 꼭 번역가들을 묘사하는 것만 같았다. 이들은 댄서의 몸이 아닌데도 열심히 춤을 춘다. 원작자가 아니지만 죽어도 안 뻗어지는 언어로 열심히 원작자를 따라가려 애쓰며 번역을 한다. 원작자를 따라 번역하는 느낌 그리고 그런 춤과 그런 번역이 주는 즐거움. 독자들에게는 내 투박한 글만 보일지라도, 그럼에도 원작자의 아름다운 안무가 나의 투박함을 통해 전해지기 바라는 마음….

영어에는 '플로 스테이트flow state', 우리말로 '흐름의 상태'라는 개념이 있다. 의역하면 '몰두'라고도 할 수 있는데 '흐름의 상태'가 더 적합한 표현이지 싶다. 이성복의 시론집《무한화서》를 보면 시를 쓰는 과정에서 단어가 단어의 꼬리를 물고 나오도록 시어의 흐름을 유도하고 가만히 귀를 기울여야 한다는데 이는 번역에도 해당되는 얘기다.

누가 뭐라고 해도 번역은 무의식에서 이루어지는 듯하다. 특정 문구를 이러저러한 말로 번역한 이유는 문법이나 어학, 수사학으로 설명이 가능하지만 그건 단순한 설명에 그칠 뿐 번역 자체는 오롯이 무의식에서 비롯된다고 생각한다.

일단 컴퓨터 앞에 앉아 마음속으로 출발어 문장을 읽는다. 그럼 뇌의 저편 어딘가에서 도착어가 들리기 시작한다. 처음에는 속삭임, 거의 모음만 들리거나 자음 하나가 들릴 정도다. 번역 뇌가 아직 깨어나지 않았다는 증거다.

차를 한 모금 마시며 기다린다. 마침내 단어 하나가 무의식에서 의식의 수면으로 떠오른다. 나는 그 단어를 가지고 아직 떠오르지 않은 나머지 문장을 기다리거나 의식적으로 조합해 본다. 단, 언어를 너무 의식적으로 사용하면 블락block될 위험이 있으니 최대한 차분하게.

처음에는 더디지만 시간이 지나면 번역 뇌가 적당히 각성되어 재잘거리기 시작한다. 흐름의 상태에 접어들었다는 얘기다. 책 한 권을 번역하다 보면 후반부로 갈수록 흐름의 상태에 더 쉽게 진입하는 것을 느낀다. 작가에 따라서도 진입의 용이함이 다르다. 예를 들어 신경숙의 작품은 귀신에 홀린 듯 번역하게 된다.

신기하게도 독자들 역시 흐름의 상태에서 번역한 글과 그렇지 않은 글을 귀신같이 알아본다. 출발어를 모르는 도착어 편집자들이 퇴고할 때도 원고의 뒷부분보다 앞부분에서 첨삭할 사항을 발견하고 오역을 찾아내니 믿기 어려운 현상이다. 한국어를 전혀 못하는 외국인 편집자가 오역을 찾아낼 만큼 흐름의 상태는 원고의 전달력을 좌우한다.

나이가 드니 일을 하다 뇌에 과부하가 걸리는 느낌을 받을 때가 많다.

'이제 지쳤어. 그만하지 그래?'

모든 번역가는 뇌가 끊기는 현상을 경험해 보았다

고 증언한다. 아무리 일을 더 하려고 애써도 뇌가, 몸이 따라주지 않는 현상이다.

프리랜서 생활을 시작했을 때 아직도 번역을 하는지 묻는 지인이 종종 있었다. 이들 중 상당수가 '프리랜서'가 이른바 '백수'와 동일한 단어라고 생각했다(아르바이트로 생계를 이어가는 사람을 뜻하는 일본식 영어 '프리터'와 발음이 약간 비슷해서일지도). 프리랜서의 국민연금에 대해 알아보는데 자꾸 '월급'이라는 말이 나와서 의아해한 적도 있다. 많은 사람들이 프리랜서를 '계약직 월급쟁이'로 이해하기 때문이었다. 이건 한국식 영어다. 월급을 받으면 계약직 직원이지 프리랜서라고 부를 수 없다.

아무튼 나는 '진정한' 프리랜서이다 보니 알아서 노동량을 조절해야 한다. 하루치로 너무 많은 분량을 욕심내면 죄책감과 스트레스가 쌓이고, 너무 적은 양을 설정하면 불안감이 치솟는다. 나의 경우 끝낼 타임을 확실히 정해 놓는 것이 업무 스케줄 관리에 가장 효과적 방법이었다. 네 시 이후에는 절대로 일하지 않기. 제대로 알지도 못하면서 '게으른' 방식이라고 말하는 사람이 있을지 모른다. 하지만 과부하가 걸리면 그날 하루만 일을 못하는 게 아니라 며칠, 아니 몇 주를 버릴 수 있다. 그 누구도 공부만 혹은 일만 하면서 살 수는 없다. 우리 모두에게는 휴식이 필요하다.

그래서 하루에 번역할 목표량을 정하고, 무슨 일이 있어도 오후 네 시까지는 그 일을 끝내려 애쓴다. 더 번역하고 싶어도 네 시가 되면 과감하게 키보드에서 손을 뗀다. 그래야 다음 날 지치지 않은 몸으로 다시 일할 수 있고, 책 한 권이 끝날 때까지 몸 상하지 않고 작업하는 것이 가능하다.

문학 소년, 전공을 살리다

2023년, 드디어 처음으로 영문 장편소설을 계약했다. 그것도 미국의 '빅 5' 출판사에 속하는 하퍼콜린스와의 계약이었다. '드디어'라고 한 이유는 말 그대로 드디어 어렸을 때의 꿈을 이루었기 때문이다. 내 나이 만 마흔두 살이었다.

뉴욕에서 미국인 번역가 제프리 저커먼Jeffrey Zuckerman이 처음으로 계약을 체결한 소감이 어떤지 물었다.

"글쎄? 기쁘다기보다는 늙었다는 느낌 쪽이야. 왜 이제야 성취한 건지."

제프리는 공식 발표가 나오면 절로 기쁨이 샘솟을 거라고 다독여주었다.

며칠을 망설이다 가족들에게 이 소식을 알렸다. 아버지는 하퍼콜린스가 어떤 출판사인지 검색해 보셨다고 한다. 유명한 작가를 많이 배출한 출판사라는 사실을 알게 된 아버지는 기죽지 말라고 당부하셨고 나는 어리둥절했다.

'왜 내가 기죽을 거라 생각하시지?'

나는 거의 병적일 정도로 열등감을 느끼지 못하는 성격이다. 대한민국 중년 아재가 열등감을 느낄 리가. 게다가 한두 권 책을 낸 것도 아닌데….

사실 내가 느낀 건 열등감이 아닌 박탈감이었다.

어린 시절부터 부모님은 내 꿈을 적극적으로 반대하셨다.

내 꿈은 일곱 살 때부터 한 번도 변한 적이 없다. 작가. 소설가. 글로, 문학으로 먹고사는 사람. 십 대가 되면서는 조금 더 구체적 기준을 정했다. 돈은 많이 벌지 못해도 좋으니 소박하게라도 먹고살 수만 있다면 문학에 한평생 바치는 것. 그것이 나의 변함없는 꿈이었다.

문제는 부모님이었다. 문학으로 먹고사는 삶은 상상도 못 하시는 분들이라 문학의 '문' 자만 꺼내도 말을 끊으셨다. 문학을 전공하고 싶다고 말하는 도중에 아예 식당에서 나가버린 적도 있다.

세월이 많이 흐른 지금까지도 당시 부모님의 고시에 대한 집착이 '정상' 범주를 많이 벗어났었다는 생각에는 변함이 없다. 법대 재학 중 수의대 편입 시험을 보겠다고 했다가 호적에서 파버리겠다는 말을 들을 정도였다. 그래서 경제적 여건이 되는 순간 집을 떠났고 아주 오랫동안 부모님을 멀리했다.

당시의 박탈감은 감정적으로도, 논리적으로도 설명하기가 참 어렵다. (문학에 전념하지 못하게 만드는 법학 공부 시간은 일분일초가 아까울 정도로) 법학 공부가 너무 싫었고, 법조인이 될 생각이 전혀 없는 나로서는 전공 공부가 시간 낭비라는 생각밖에 들지 않았다. 전공 수업 81학점을 따기 위해 전공 필수 수업인 주당 네 시간 강의에 꾸역꾸역 출석했던 건 지금 생각해도 너무 끔찍한 기억이다(내가 졸업한 바로 다음 해부터 모든 법대 전공 필수가 주당 세 시간 강의로 개편되었다).

실질적으로는 전과 제도가 존재하지 않는 학교였으므로 전공을 바꾸려면 자퇴를 하고 같은 학교의 편입 시

소설 계약 확정 이후
하퍼콜린스 뉴욕 본사 앞에서 기념사진을 찍었다.
어린 시절의 꿈을 이룬 날이다.

험을 보는 리스크를 감당해야 했다. 이런 편법마저도 너무 늦게 알게 되어 졸업을 상당히 늦추지 않는 한 전공을 바꾸는 것이 불가능했다.

소중한 이십 대를 하기 싫은 공부에 낭비함으로써 받은 타격은 커다란 여파를 남겼고 지금까지도 후회를 떨쳐버리지 못한다. 그 시간에 소설을 더 읽었더라면, 문학 이론서를 더 읽었더라면, 외국어를 배웠더라면, 영국이나 프랑스에 교환학생으로 갔더라면(법대생으로선 사실상 불가능한 일이었다) 번역가나 소설가로서의 데뷔가 이토록 늦어졌을까. 무엇보다도 번역이나 글의 숙련도 및 완성도가 지금보다는 훨씬 높지 않을까. 그런 아쉬움은 지금도 가슴을 아리게 한다.

부모님 말은 절대 들어서도, 믿어서도 안 된다. 그들은 자기 인생밖에 모르는 사람들이다. 실수를 해도 자신의 실수를 하는 것이 낫다. 인생을 망쳐도 내 손으로 망쳐야 한다.

이 진리를 십 대 때 알았더라면, 가장 많은 것을 보고 느끼고 배울 수 있었던 한 번뿐인 소중한 이십 대 시절을 그처럼 무의미하게 낭비하진 않았을 텐데….

2017년에는 컴퓨터 프로그래머로 잠시 일했는데 번역 계약이 한꺼번에 성사되는 바람에 다시 한번 선택의 기로에 놓였다. 만 서른여섯. 유망 직종에 겨우 자리 잡은 상태에서 계속 프로그래머로 일할 것인가, 이를 포기하고 미래가 매우 불투명한 전업 한국문학 번역가의 삶에 뛰어들 것인가.

삼십 대 중반이라는 나이에 새로운 분야에서 처음부터 시작할 수 있을까, 이 세 권이 끝나면 과연 책을 번역할 기회가 또 생길까…라는 고민은 일분일초도 하지 않았다. 두 번째 계약이 성사될 무렵 배우자에게 통보했다, 임박한 세 번째 계약이 성사되면 코딩 일을 그만두겠다고. 당시 대학원에서 박사과정을 밟던 배우자는 서슴없이 그렇게 하라고 격려했다. 미래가 어찌 되든 우린 살아남을 테고, 힘이 들더라도 서로 도우면 두려울 게 없다고.

배우자는 내가 서른세 살에 대학원에 가서 늦깎이 영문학 전공자가 되겠다는 생뚱한 선언을 했을 때도 눈 하나 까딱하지 않았으며, 자신의 수업 일정이 바쁜데도 나의 대학원 입학시험 준비를 도왔다. 그때나 지금이나 한결같이 배우자는 진정한 가족이란 무엇인지를 내게 몸소 보여주는 사람이다.

그리하여 나는, 그의 손을 꼭 잡고 미래를 향해 발걸음을 내딛었다.

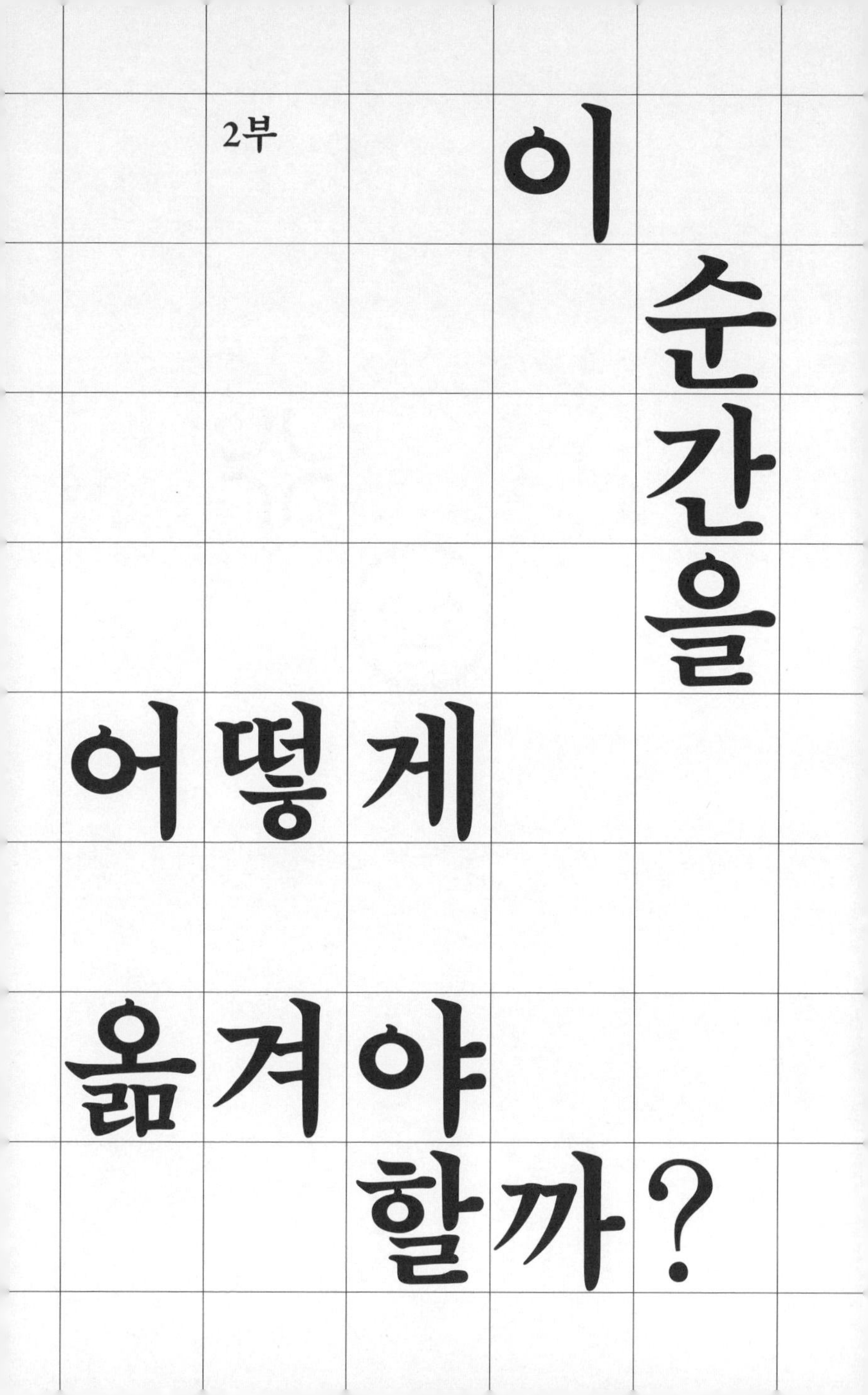

2부

이 순간을 어떻게 옮겨야 할까?

작가님과는 자주 소통하세요?

번역가로 일하면서 "작가님과는 자주 연락하시는 편인가요?"라는 말을 매우 자주 듣는다. 번역을 하다 궁금한 점이 있으면 작가에게 직접 물어보느냐는 질문이다.

나는 번역을 할 때 작가들과 대화를 나눈다고 상상한다. 신경숙 작가의 작품을 번역할 때면 책상 건너편에서 그녀가 잔잔한 목소리로 이야기하는 모습을 떠올린다. 듀나 작가의 작품을 번역할 때면 책상에 앉아 있는 토끼와 텔레파시로 이야기하는 광경을 그려본다. 결국 몇 개월 동안 작가들과 같은 책상에서 작업하는 느낌이다. 그래서 나는 그분들과 매우 친밀한 관계라고 느끼지만 작가들 중에는 내가 누구인지 전혀 모르는 사람들도 있다.

결론을 말하면 나는 번역할 때 작품을 쓴 작가들과

거의 연락하지 않는다.

번역하는 작품에 대해 궁금한 점이 많다는 것은 보통 두 가지 경우를 뜻한다. 첫째, 나의 독해 능력이 부족해서 작가의 의도를 파악할 수 없는 것. 둘째, 작가의 문장력이 부족해 자신의 의도를 제대로 전달하지 못하는 것.

하지만 나는 너무나도 독서 교육을 잘 받은 번역가고, 내가 번역하는 작품의 작가들은 대한민국 최고의 글쟁이들인 만큼 번역 과정에서 딱히 의문 사항이 많은 편이 아니다. 물론 이 두 가지 이유가 아니어도 작가와 소통해야 할 경우가 있다. 예를 들어 현지화하는 과정에서 번역가로서 개입해야 하는 경우가 대표적이다. 이때도 작가들은 대부분 기억에도 가물가물한 본인의 '의도'보다는 작품이 번역서로서 어떻게 새롭게 읽히는지에 더 흥미를 갖는 편이다.

나는 스스로를 딱히 과감한 번역가라고 생각하지 않는다. 그렇기 때문에 의문이 일거나 번역하기가 힘들 때면 항상 원문으로 돌아가서 문제가 되는 부분을 자세히 살핀다. 답은 항상 원문에 있다. 작가나 번역가가 아닌 원문에!

이처럼 적어도 번역과 관련해서는 작가와 연락하지 않는 편이다. 하지만 《저주토끼》의 정보라 작가와는 자주 안부를 주고받는데 대화의 99퍼센트가 실없는 농담일 정도로 번역이나 문학에 대한 얘기는 거의 하지 않는다. 2022년 인도 작가 기탄잘리 슈리의 《모래의 무덤Tomb of Sand》을 영역해 부커상을 수상한 미국의 데이지 록웰이 "기탄잘리와 나는 그저 광대일 뿐"이라는 말을 한 적이 있는데 그때 나는 흠칫 놀랐다. 나와 정보라 작가도 광대 같은 분위기의 사람들이기 때문이다. 그래서 팬데믹 때 했던 책 홍보 투어를 나는 '보라와 안톤 쇼'라고 부르기도 했다.

정보라 작가는 배우자와 내가 이사했을 때 토끼 모양 전등을 집들이 선물로 주셨다. 이후 인스타그램에 올린 전등 사진을 보고 수많은 독자들이 '책에 나오는 그 저주받은 토끼 전등'이 아닌지 의구심을 가지면서 나와 작가님의 관계에 '금이 갔는지' 우려하기도 했다(실은 책에 나오는 전등과는 비교가 안 될 정도로 아름다운 물건이었다).

정보라 작가는 언젠가 SNS에서 비누의 친환경성에 대해 얘기한 적이 있다. 그래서 나는 태국을 여행할 때

비누만 눈에 띄면 향기를 맡아보며 열성적으로 수집했다(태국은 비누, 향수, 향초 등 향기와 관련된 모든 수제품 품질이 한국보다 뛰어나다). 그렇게 고르다 보니 비누의 양이 너무 많아져 직접 가져오지 못하고 방콕에서 우편으로 보내드렸다. 작가님은 "마감을 지키지 못하는 작가 중에서는 가장 깨끗하고 향긋한 작가가 되겠다"며 기뻐했다.

신경숙 작가도 내가 정말 좋아하는 분이다. 어릴 적부터 워낙 팬이었기에 아직도 작가님의 문자나 이메일을 받으면 일순 머릿속이 하얘지는 느낌이다. 제우스가 올림포스 신전에서 보낸 이메일을 받는 느낌이라고나 할까. 처음 뵈었을 때 작가님은 나의 극도로 긴장된 상태를 알아차리고 재밌는 얘기와 농담을 많이 해주셨는데 그게 얼마나 고마웠는지 모른다. 그때 함께 있었던 나의 배우자는 작가님을 스스럼없이 'Kyung-Sook'이라고 불러서 나를 난감하게 만들었다.

어떻게 내가 번역하는 작가의 존함을 그토록 서슴없이 부를 수 있는가! 나보다 훨씬 어린 전삼혜 작가나 박상영 작가에게도 깍듯이 '작가님'이라고 존대하는 나의 앞에서…! "당신이 아무리 쿨한 외국인이라도 이건 아니잖아…"라고 투덜거리니 배우자는 "작가님이 그렇게 부르라고 하셨어!"라고 해명했다(결국 진정 쿨한 사람은 신경숙 작가인 셈이다).

물론 나는 지금도 영어로든, 제심자에게든 작가님을 'Kyung-Sook'이라고 지칭하지 않는다. 이건 마치 올림포스산에서 내려온 제우스신을 만났을 때 '제우스 형'이라고 부르는 일과 다름없지 않은가.

이메일 한 통 교환해 보지 않은 작가들도 있다. 심지어 트위터에서 '맞팔'하는 작가들도 시급한 문의나 아주 간접적인 멘션 말고는 서로 조심스러워하는 분위기다. 일종의 배려라고 보면 된다.

어쩌다 보니 거의 매일 연락하는 사이가 된 정보라 작가는 모든 탈근대 문학 이론을 대학에서 가르칠 만큼 잘 아시기에(또한 그 자신이 번역가이기에), 번역 작품이 아예 새로운 작품이라고 믿으셔서 "번역작은 안톤의 작품"이라며 번역 과정에 전혀 관여하지 않는다.

부커상 후보에 올랐을 때 자신의 책을 번역해 달라며 연락해 온 작가가 있다. 이미 다른 번역가를 통해 여

뉴욕의 스트랜드 서점에서
내가 번역한 신경숙의 《아버지에게 갔었어》 영역본을 들고.

러 번 영미권에 소개된 작가였는데 번역가를 교체하려는 이유가 무엇인지 의아했다. 그는 두 권을 제시했는데 곧바로 시작하기 어렵다고 하자 내겐 한 권만 의뢰할 테니 다른 한 권을 번역할 사람을 추천해 달라고 했다. 번역가가 불만족스러워 바꾸는 것이야 작가와 편집자의 자유라고 해도 번역가를 대체 가능한 부품 따위로 취급하는 분위기는 마뜩잖다. 또 다른 번역가가 '대세'가 되는 순간 나 또한 교체될 것이 자명한지라 이번 일은 사양하기로 했다.

작가와 번역가는 파트너십을 이루는 관계이므로 신중하게 서로를 선택하고 협업해야 한다. 번역가로서 한 작가의 작품을 다룬다는 것은 작가에게도 번역가에게도 커다란 행운이며 영광스러운 일이다. 그러다 보면 서로 조심하고 배려하는 과정에서 직접적 소통은 오히려 드물어지는 것이다.

물론 필요할 땐 소통도 해야 한다. 하지만 번역가로서 묵묵하게 자신의 일을 열심히 하고, 스스로 생각하기에 최고의 번역을 해내는 것, 그것이 결국 작가와의 최고의 소통이 아닐까.

내가 사랑한 한국문학

한국문학에 대해 글을 쓰려고 할 때 가장 먼저 생각나는 사람은 박서련 작가다. 그녀는 역사소설에서 범죄 스릴러, 최근에는 거대 로봇 소설까지 쓰는 다재다능한 소설가다. 젊은 나이지만 고등학교 시절부터 여러 문학상을 탔고 이미 책도 많이 출판했다. 게다가 그 모든 저서들이 장르를 불문하고 재밌게 읽힌다. 소설을 쓰지 않았다면 과연 무슨 일을 했을지 의문이 들 정도다(타워크레인 기사 자격증 취득을 검토했다는 사실로 미루어 본인도 이 문제를 고민한 모양이다).

다채로운 시도, 참신한 문장력, 거침없는 솔직함. 이 박서련 작가처럼 한국 작가들은 장르, 소재, 나이 또는 시공간에 구애받지 않고 무엇이든 쓴다. 그리고 잘 쓴다.

한국문학이 위대하다면 세종대왕이나 한글, 교육제도나 수능 때문이 아니다. '노랗다'라는 개념 하나를 100

가지(?) 방법으로 표현할 수 있는 한국어의 다채로움 때문도 아니다. 바로 우리나라에 대범하고 비범한 작가가 유독 많다는 사실 때문에 한국문학은 위대하다.

특히 내가 번역하는 작가들에게 공통점이 있다면 매우 다양한 독서와 문화생활을 영위한다는 사실이다. 신경숙 작가만큼 한국문학을 대표하는 걸출한 소설가가 있으랴. 작가님은 모파상에서 부에나 비스타 소셜 클럽까지 관심사가 폭넓어 안 읽어본 책, 안 본 영화가 없을 정도다. 남미의 모더니스트 작가들이 유행시킨 대화체까지 세심하게 파악하고 있는 그녀의 책을 읽으면 세계와 예술에 대한 깊은 이해와 공감을 느낄 수 있다.

박상영 작가도 다독가인 데다 특히 영미 문학을 좋아하기에 함께 작업하는 것이 매우 수월했다(나는 그 담백함과 극단적인 솔직함에 감탄하며 미국 매체와의 인터뷰에서 "작가님의 문체에는 앵글로색슨적인 바이브가 있다"고 언급한 적이 있다). 《대도시의 사랑법》을 번역하기 전 작가님께 영미권 작가 중 자신의 분위기와 비슷한 사람이 누구라고 생각하는지 물었다. 작가님은 어느 워크숍에서 작가

지망생들에게 데이비드 세다리스(미국에서 가장 뛰어난 유머 작가로 인정받는다)와 척 팔라닉(주로 컬트적이고 풍자적인 작품을 쓰는 미국의 베스트셀러 작가)을 연상케 한다는 말을 들었다고 답했고 곧바로 '그렇게 번역하면 되겠군' 하는 느낌이 왔다.

전삼혜 작가도 비슷한 면이 있다. 영문 과학소설을 주로 번역서로 읽었다는 그는 자신도 과학소설을 쓸 때 약간 번역 투가 나오는 듯하다고 했다(어쩐지 번역이 잘되더라니). '번역 투'라면 투박한 문체가 연상되는데 전삼혜 작가의 글은 얼어붙은 호수의 표면처럼 매끄럽기만 하다. 이것이 전삼혜 작가나 박상영 작가의 재능이다. 이들은 바깥의 것을 너무나도 완벽하게 소화한 나머지 온전히 자신의 것으로 만들어버린다.

정보라 작가의 접근법은 조금 다르다. 그녀는 이야기에서든 문체에서든 '괴상함'과 대면하면 일단 어루만지는 듯하다. 이게 왜 괴상하지? 이게 왜 괴상해야 하지? 괴상한 것이 아름다울 수는 없을까? 그렇게 어루만지고 고민한 인물과 표현을 과감하게 수용하여 독특한 결을 가진 작품을 탄생시킨다. 그런 만큼 정보라 작가의 시점을 이해하는 데 어려움을 겪는 편집자들이 많다고 하지만 나는 작가님의 우주만큼 넓은 공감력을 느낄 수 있다. 엘리베이터가 중심인물인, 어찌 보면 황당무계한 설정의 단편을 읽다가 눈물을 흘리는 스스로를 발견하기도 했다.

한국의 시 얘기를 시작하면 끝도 없으니 말을 꺼내기가 조심스러울 정도다. 한국은 유독 시인이 많고 시집을 많이 내는 문화권이다. 조그만 동네 책방에서도 시집을 팔고 있으며, 대형 서점 시 코너에서는 젊은 독자들이 시집을 고르는 풍경을 흔히 볼 수 있다. 이런 모습은 영미권에서는 상상도 못 할 일이다. 스코틀랜드의 대형 서점에서 시집을 사며 직원에게 "시집 코너를 따로 만들어줘서 고맙다"고 하자 그는 허탈하다는 듯 웃으며 답했다. 진열된 양에 비해 시집 판매율이 매우 저조하지만 그래도 시 섹션이 있어서 다행이라고. 그의 표정 하나하나에서 시를 읽는 독자가 얼마나 소중한지 느낄 수 있었다.

서울 혜화동에는 '위트 앤 시니컬'이라는 서점이 있는데 한국만이 아니라 세계에서 유일한 시집 전문 서점이 아닐까 싶다. 그런 서점이 대한민국 서울에 존재하다니! 물론 우리나라의 시나 출판 시장 상황도 그다지 좋은 편은 아니다. 그럼에도 그 위대하다는 영미권에 비하면 아직도 시를 읽고 쓰는 사람들이 상당히 많다는 얘기다.

시는 아직도 내가 뚫어야 할 시장으로 남아 있다. 대학원에서 19세기 영국 시를 전공했고 최고로 좋아하는 김언 시인의 작품을 번역했다. 하지만 여전히 단행본 시집을 내지 못했다는 사실이 한국문학 번역가로서 매우 부끄럽다. 번역가 지망생 시절, 번역 실력을 프로 수준으로 키울 수 있었던 건 김언의 시 덕분이라고 해도 과언이 아니다. 그에게 보답한 후라야 비로소 한국문학이라는 '숙명'을 내려놓을 수 있을 듯하다.

가끔 작가들이 묻는다. 어떤 식으로 써야 차후 그 작품을 영역할 때 수월한지를. 진정한 작가라면 절대 번역을 인식하는 글을 써서는 안 될 것이다. 작가로서 가장 중요한 것은 자신의 비전을 가장 잘 현실화한 작품을 써내는 것이다. 독자는 잘 읽으면 되고 번역가는 제대로 번역하면 된다. 독서가 독자의 일이듯 번역은 번역가의 일이다.

이렇게 각자의 역할에 매진할 때 앞으로도 찬란한 한국문학의 향연을 모두 함께 만끽할 수 있으리라.

달나라 동지들

번역가들 중에는 유독 퀴어가 많은 듯하다.

종사자들 가운데 퀴어의 비중이 높은 직업이 있다. 예를 들어 아주 옛날에는 여성 운수업 협회가 일종의 비공식 레즈비언 네트워킹 단체라는 소문이 있었다. 벽장 속에 있건, 커밍아웃을 했건, 아니면 문을 열어둔 채 벽장 속에 있는 상태건 간에 한국문학사에도 수많은 퀴어 작가들이 존재한다.

언젠가 한국의 베스트셀러 작품을 읽다 보니 문맥이 상당히 호모 에로틱해서 그 소설을 영역한 번역가에게 작가에 대해 물었다. 번역가는 한숨을 쉬더니 이미 작가에게 질문했으나 자신이 성소수자라는 사실을 완곡히 부인했다고 답했다. 물론 여기서는 부인했다는 사실보다 '완곡함'이라는 단어에 방점을 두어야 한다.

왜 이렇게 많은 번역가들이 퀴어일까? 어디선가 누군가가 공식적으로 연구 중일 테니 그 문제는 제쳐두기로 하자. 개인적 생각으로는 한영 번역을 하다 보면 한국문학의 '벽장스러움'이 퀴어 번역가가 벽장문을 열어젖히도록 자극하는 경향이 있는 듯하다. 벽장 속 작품을 번역함으로써 그 작품의 퀴어함을 '노출'하는 동시에 역설적으로 벽장의 서사를 보존하고 전수할 수 있다. 평론가는 의도를 가진 채 텍스트의 퀴어함을 대놓고 노출시킬 수도 있는데 이러한 노출은 확신이 아닌 정황증거의 수집에 불과하다. 벽장은 여전히 보존되며, 결코 완전히 열릴 수 없다.

번역가들은 평론가보다 더 섬세한 감각으로 벽장문을 열려는 욕망을 다뤄야 한다. 벽장문을 열지 않으면서 열어야 한다.

전삼혜의 〈창세기〉라는 단편을 처음 읽었을 때 나 또한 모든 번역가가 익숙하게 느낄 법한 욕망에 휩싸였고, 당장이라도 도착어로 번역하고 싶어졌다. 이야기의 중심인물은 자신의 이야기를 쓰고, 지운다. 그러고는 짝 사랑하는 사람의 이야기를 달의 불멸의 표면에 썼다.

주인공의 이러한 행위를 읽으며 퀴어이자 번역가인 당사자의 행위와 연결되는 듯한 느낌을 받았다. 퀴어한 사람들과 번역가들은 쉽게 눈에 띄지 않으나 보이지 않는다고 해서 존재하지 않는 건 아니다. 그들은 지금 이 순간도 여러분을 웃고 울리고 생각하게 만드는 글들을 쓰고 있다. 여러분에겐 우리가 보이지 않을 수 있지만, 무언가를 아주 자세히 읽고 있다면 우리를 감지할 수도 있을 것이다. 우리가 항상 벽장에서 나올 수는 없다 해도 잘하면 여러분의 도움으로 읽혀나갈 수 있을지도 모른다.

P. S. 이 글은 나의 동지인 리아의 이야기를 달 표면에 새기기 전에 쓴 나의 이야기다(이 글 및 내가 영역한 〈창세기〉를 게재한 웹진의 제목 'Words Without Borders'는 '국경 없는 세상'이란 뜻이다. 그런데 달이야말로 '국경 없는 세상'이지 않은가). 〈창세기〉가 리아를 위한 헌사라면 이 글은 그와 나의 모든 동지에게 바치는 것이다.

—*Words Without Borders*, 2016. 6. 6.

문학번역가의 멸종

나는 어릴 적부터 손에서 책을 놓지 않았다. 공부를 열심히 했다는 얘기가 아니라 엄청나게 많은 소설을 읽었다는 뜻이다. 나는 역사나 철학을 비롯해 거의 모든 인문학에 관심을 못 느꼈으며, 지금도 그닥 다르지 않다. 그때나 지금이나 소설이 최고였는데 장르를 구분하지 않고 '내가 좋아하면 좋은 것'이라고 생각하며 삼류 과학소설에서 찰스 디킨스까지 다양하게, 내키는 대로 읽었다.

사람들은 손에 책을 든 나를 보며 '공부'를 좋아하는 학생이라고 착각했다. 소설책을 보고 있으면 부모님이나 반 친구들은 '공부'를 하는 줄 알았고, 영어로 된 책을 읽으면 '영어 공부'를 한다고 여겼다. 영문학을 전공하고 싶다고 하자 이미 영어를 잘하는데 왜 굳이 대학에서까지 영어 공부를 하고 싶어 하는지 의아해했다.

나로서는 그들이 의아했다. 소설은 세상에서 제일 재밌는 놀이지, '공부'처럼 지긋지긋한 자학 행위와는 거리가 멀었다. '공부'는 수학이니 암기 과목이니 하는 시덥잖은 것들을 지칭하는 말일 뿐 소설과는 완전히 다른 세상의 일이었다. 교과서 따위에는 아무 재미도 없는 서사들만 가득했다.

아직도 나는 영어에는 그다지 관심이 없다. 아니 일평생 단 한순간도 영어에 흥미를 느낀 적이 없다. 세상에서 문법이니, 영어학이니 하는 것만큼 재미없는 학문이 존재하려나. 영문학이 프랑스어로 된 언어였다면 나는 프랑스어를 공부했을 것이다. 내가 '영어를 잘'한 건 영문학을 읽기 위한 도구로 삼기 위함이었지 그 외의 의미가 없었다.

나의 유일한 관심사는 항상 영문학이었고, 번역가가 되는 과정에서 그 관심의 영역이 국문학으로 확장되었다. 당연히 국문학을 사랑하지만 그건 유년기가 지난 후 머리가 영문학으로 완전히 굳어버리고 나서도 훨씬 이후에 찾아온 사랑이다.

국문학을 사랑하기까지 오래 걸렸던 이유는 일단 대한민국이 국문학을 싫어하기 때문이었다. 한 나라가 자신의 문학을 '싫어하다'니 무슨 말인가. 하지만 나로선 그렇게 표현할 수밖에 없다.

영미권에서는 유치원 때부터 문학에 대한 관심과 사랑을 배양하려 노력한다. 소설이나 시 읽기를 적극 권장하고, 부모나 교사들은 어떻게든 아이들 손에 책을 쥐여 주려 한다. 특히 미국의 경우 공학 전공자 등 문학과는 거리가 먼 사람이어도 좋아하는 소설가 한 명쯤 대지 못하면 천박한 사람으로 취급당하기 십상이다.(오히려 영국은 문과와 이과의 구분이 너무나 확고해 소설을 전혀 읽지 않아도 사회생활에 별지장이 없다. 그럼에도 영국 사람들은 전반적으로 책을 엄청나게 많이 구입한다.)

우리나라는 어떤가. 학창 시절, 야간 자습 시간에 소설책을 보고 있으면 선도부 파시스트 선배들에게 혼쭐이 났다. 심지어 외국어고에서 영어를 전공했는데도 가만히 앉아 제임스 조이스를 읽는다는 이유로 선생님에게 몽둥이로 맞아야 했다. 그러니 소설을 읽고 싶으면 집에서 읽을 수밖에 없었다. 중고등학교 시절엔 소설을 읽는 건 더 이상 '공부'가 아니었다. 소설은 그저 어릴 적 조금 보다 말아야 하는 것, 어른들이 보라고 하니까 보는 것, 영어 공부를 위한 것일 뿐이었다. 그때부터 대학에 입학할 때까지 떳떳하게 볼 수 있는 책은 오로지 교과서, 문제집, 참고서뿐이다. 심지어 대학에 가서도 문학을 전공하지 않는 한 여전히 소설 읽기는 '밥벌이'와 무관한 '시간 낭비'로 취급당한다.

한국 언론들은 종종 한국에서 왜 노벨 문학상 수상자가 나오지 않느냐며 번역가를 성토하곤 하는데 이런 풍토에서 제대로 된 문학번역가를 기대한다는 것 자체가 어불성설이다. 이토록 문학을 멸시하는 나라에서 끊임없이 문학작품이 생산되는 것만도 신기한 일인데 노벨 문학상까지 바라다니 상상을 초월할 정도로 괴이한 욕심이다.

나는 2010년 처음으로 한국문학번역원에서 번역 지원금을 받았다. 그때의 액수를 인플레이션 계산기에 돌려보고서는 경악을 금치 못했다. 2023년에 마지막으로 받은 액수의 두 배에 해당하는 금액이었기 때문이다. 고로 10여 년이 지난 후 번역으로 받을 수 있는 돈이 오히려 반토막이 난 셈이다.

한국문학 번역은 지속 가능한 업종이 아니다. 능력 있는 번역가라면 당연히 비문학 번역 일을 통해 문학번역가 연 수입의 곱절에 해당하는 돈을 벌 수 있다. 특히 한국어에서 영어로 문학을 번역할 정도의 실력이 있으면 얼마든지 가능한 일이다. 그런데 한국문학 번역은 사정이 다르다. 시장은 수없이 배출되는 문학번역가 지망생 가운데 일부도 수용하지 못하는 것이 현실이다. 이처럼 수많은 젊은이들이 시간 낭비를 하게 만들고 엄청난 절망만 안기는 것이 현재 한국문학 관련 정책들의 현주소다.

한국문학번역원에서 요즘 내가 받는 지원금의 평균 금액으로 대한민국의 가구당 평균 소득을 달성하려면 일 년에 네 권 정도는 번역해야 한다. 여러 번 되풀이하지만 영미권에서 한국문학 번역 작품은 일 년에 열 권이 나올까 말까이고, 사정이 괜찮은 해라도 스무 권 정도가 전부다. 한국문학 번역가의 평균 소득이 대한민국 평균 소득 정도 되려면 전업 한국문학 번역가는 단 두세 명만 존재해야 한다는 얘기다.

한국문학번역원 번역아카데미에서는 일 년에 영역 번역가를 몇 명이나 배출할까? 적어도 두세 명은 더 될 테고, 그동안 적체된 사람들도 생각해야 한다. 그런데도 한국문학 번역 일이 얼마나 적은지 생각하면 한숨만 나온다. 사정이 이러하니 한국문학 번역은 멸종 위기에 처한 직종이라고 한탄하지 않을 수 없다.

그때 나는 할 말이 없어서

뒤늦게 운전을 배웠다. 차가 필요하지도 않았고, 운전을 하고 싶은 마음도 없어서 이십 대 후반까지 미루다 하필 학원비가 가장 비싼 시기에 1종 면허를 땄다. (평상시 트럭은커녕 자전거도 타지 않는 사람이지만) 별생각 없이 트럭도 운전할 수 있는 1종 면허를 신청했고 결국 몇 개월은 고생했다.

주행 연습 때의 일이다. 바짝 긴장해서 도로에 나갈 때마다 사고를 낼까 두려웠는데 정해진 코스를 몇 번 완주한 후에는 동석한 운전 학원 강사와 대화를 나눌 정도로 운전에 익숙해졌다. 연습 때마다 강사가 바뀌었는데 어떤 분들은 말이 많고 어떤 분들은 말수가 적었다. 어느 날, 다소 보수적인 정치관을 가진 강사를 만나 온갖 고루한 담화를 들어야 했다. 마음속으로는 짜증이 약간 나기도 했지만 워낙 친숙하게 구는 분이었기에 적당히 웃고 적당히 받아치는 화기애애하기까지 한 분위기였다.

직장을 묻길래 번역가라고 했다. 그러자 항상 따라오는 질문이 쏟아졌다. 영어는 어떻게 배웠느냐, 번역만으로 먹고살 수 있느냐, 돈은 얼마나 버느냐 등이다. 여기서 한 걸음 더 나가면 외국인과 결혼했는지, 미국 국적이 있는지 등 별의별 질문으로 발전한다. 그런데 그 강사분은 엉뚱한 방향으로 대화를 틀었다.

당시는 오세훈 서울시장이 서울시 전 학급 무상 급식 시행에 반대하며 정책 관련 투표에 자신의 시장직을 걸었다는 뉴스로 온통 떠들썩할 때였다. 강사분은 초등학교에 다니는 자식이 둘 있지만 자신은 학교 무상 급식에 반대한다고 했다. 그러면서 차라리 그 돈으로 영어 유치원을 지원하면 좋겠다고 했다. 나는 물었다.

"왜요? 도시락 싸지 않아도 되고 편하지 않나요? 급식이 맛없을까 봐 그러시나요?"

그게 아니었다. 강사님 왈, 아이들 학교에서는 이미 무상 급식이 시행 중이며 학부모들에게 메뉴와 내용이 발송되는데 음식 종류도 다양하고, 최고의 유기농 재료만 사용한다고 했다. 아이들이 맛있게 잘 먹는다고도 했다. 그런데도 그 돈을 아이들 영어 교육에 투자하기를 바라는 것이다.

건강이 최고지 영어가 우선인가? 이게 무슨 뜬금없는 소릴까?

"자녀분들은 영어보다는 좋은 식단이 중요할 나이 아닌가요?"

이때 강사분이 한 말이 아직도 잊히지 않는다. 음식도 중요하지만 친구들 앞에서 창피하지 않기를 간절히 바란다고 했다. 영어라도 잘해야 아빠가 운전 학원 강사라는 사실을 덜 창피해할 것이라고. 그 말이 너무 충격적이어서 나는 수그러들고 말았다.

"아… 네. 그렇다면… 할 말이 없네요."

그 순간 나 자신이 너무나도 싫어졌다. 운전대를 잡은 두 손마저 혐오스러울 지경이었다. 당시에는 내가 무슨 잘못을 저질렀는지 정확히 이해할 수 없었지만 커다란 실례를 저질렀다는 느낌만은 명확해서 입에서 나오려는 말(사과? 변명? 그것들을 빙자한 잘난 척?) 모두를 애써 삼키며 마음속으로 '제발 닥치고 운전이나 해'라고 되뇌었다.

그렇게 침묵 속에 강습이 끝났다. 그 후 강사님과는 딱 한 번 더 마주쳤는데 어색한 태도로 인사만 나누었을 뿐이다.

나는 당연히 직업에 귀천이 없다고 믿지만 그 강사님이 감지하는 계급사회의 현실 그리고 그러한 사회 속 영어의 막강한 위상 및 작용에 동의한다. 미국에 경제적·군사적으로 의존하는 국가에서 영어가 어떤 계급적 현실에 동조하는지도 번역가로서 잘 파악하고 있다. 나이브할 나이가 훨씬 지났을 시기에 그런 나이브한 생각으로 실례가 되는 언사를 내뱉다니 아직도 후회스럽다. 익숙지 않았던 트럭 주행에 정신이 반쯤 팔린 상태였다고 변명할 수밖에.

지금이라도 조금이나마 수습을 해보려 한다. 나는 그분 자녀들이 아버지를 창피해할 거란 생각은 하지 않는다. 아이들은 우리의 생각보다 어른들, 특히 부모님 감정에 민감하다. 그러니 아버지 마음도 잘 감지하고 있었을 것이라 믿는다.

아이들이 건강한 급식 먹고 자라는 동안, 나 같은 어

른들은 사회적 불평등을 줄이는 데 얼마나 기여했는가? 혹은 계급사회에 얼마나 동조했는가? 이 질문에 대한 답을 알기 때문에 나는 침묵해야 했을지도 모르겠다.

대학원에서 배운 것

문학번역가로 전업하기 전이던 2013년, 서울대학교 대학원에서 영문학을 전공했다. 비교적 늦은 나이에 대학원에 진학했지만 딱히 후회하지는 않는다. 입학 당시 나는 이미 성공한 통역사이자 번역가였고, 열심히 돈을 벌어 서울에 전셋집을 마련했으며, 마음껏 책을 사고 가끔은 해외여행도 다녔다. 이렇게 내가 원하던 삶을 살고 있었으니 미래에 대한 불안 없이 마음 편하게 공부에 임했다.

그런데 흥미로운 클라이언트들과 작업하며 프리랜서 번역가로 승승장구하고, '차가운 도시의 게이' 코스프레를 하면서도 문학에 대한 미련을 떨칠 수 없었다. 오랫동안 망설이다가 서울대 공과대학 박사과정 입학 예정이던, 미래에 나의 배우자가 될 분에게 용기를 얻어 서울대 대학원 영문학과 입학 전형을 준비해 합격했다.

입학시험을 치는데 시험 감독을 하던 영문과 교수가 내가 쓰고 있는 답안지를 보고 대뜸 왜 영어로 쓰는지를 물었다. 순간 무슨 말인지 이해하지 못했다. 영문과 입학시험이면 당연히 영어로 써야 하지 않는가…? 내가 알기로는 모교 영문과의 경우 모든 답안지와 리포트를 영어로 제출해도 된다는 내부 정책이 존재했다(심지어 외국어 못하기로는 유명한 법대에서도 학부생 시절 답안지를 독일어로 제출했다는 천재 이상돈 교수님에 대한 전설이 전해져 내려온다). 원칙적으로 한국어로 쓰되, 영어도 허용한다는 뜻이고, 이게 가장 합리적 방안이라고 생각한다.

서울대도 당연히 그럴 줄 알았다. 영문과에서 영어 사용을 허용하는 것은 상식이 아닐까? 그것도 대한민국 최고의 대학으로 자부하는 곳에서.

그 이상하고 비아냥이 섞인 질의를 받는 순간, 그래도 법대 출신답게 리걸 마인드가 발동했다. 나는 손가락으로 문제지의 지시 사항을 가리키며 말했다.

"영어로 쓰면 안 된다는 지시가 없잖아요…?"

학부생 시절 국제법 교수님께서 법대생들은 조항을 읽지 않는 악습관이 있다며 꼭 조항부터 읽으라고 당부하신 적이 있다. 생각해 보니 그 말이 맞았다. 법대생들은 법의 여러 관념, 판례에서의 작용 등에 너무 집착한 나머지 성문법주의 국가의 법학도임에도 막상 법 조항은 건성으로 훑는 습관이 있다(적어도 나는 그랬던 게 분명하다). 몇 년 동안 사법시험을 공부한 고시생들 가운데 소법전이라도 한 자 한 자 처음부터 끝까지 읽어본 사람이 과연 몇 명이나 될까? 우린 법전을 사전으로만 사용했지, 눈과 몸으로 직접 법에 부딪칠 생각을 못 했고, 법의 물질적 윤곽에 익숙해져 있지 않은 것이었다. 그 후 법 조항을 머리가 아닌 몸으로 거듭 읽기 시작했다. 그러자 정말 법 공부가 훨씬 수월해졌다.

이제는 법학과 거리가 먼 삶을 살고 있지만 적어도 아직까지는 내가 서명하는 출판계약서를 처음부터 끝까지 읽는 습관을 유지하고 있다. 이런 습관을 다른 분야에서 적용할 수 있었다면 영문학 공부에도 도움이 되었으련만….

다시 2013년으로 돌아가 보자. 이 영문과 교수는 영어로 제출한 답안지는 채점되지 않을 수도 있다며 나를 외면하고 홱 돌아섰다. 어이가 없었다.

그다음 시간은 제2외국어 시험이었는데 프랑스어를 한국어 혹은 영어로 번역하라는 문제가 나왔다. 즉 영문과 시험에서는 영문 답안이 문제시되지만 프랑스어 시험에서는 허용한다는 얘기. 얼마나 웃기는 얘긴가.

제2외국어 시험은 너무 시시해서 답안지를 완성하고 나서도 시간이 많이 남았다. 나는 시험지에 "Tant pis. J'en ai marre d'étudier(아 몰라. 난 공부에 질려버렸어)"라는 말을 끼적거린 후 꾸벅꾸벅 졸았다.(물론 답안지가 아닌 시험지에. 난 야만인이 아니니까.)

면접은 어땠는지 기억이 잘 나지 않는다. 유일한 "문구 알아맞히기" 문항이던 존 던 시를 알아보지 못했던 것, "왜 외국의 영문과에 지원해 보지 않고 여기 지원했느냐"는 질문에 "나는 영문학에 열정을 가진 한국 사람이다. 나 같은 사람들이 이곳에 모여 있으니 나도 온 것이다"라고 답한 것 정도가 생각난다. 존 던 시를 알아보지 못한 것 때문에 자존심이 상했던 나는 영어로 답안을 쓴다고 트집을 잡는 영문과 따위는 어차피 나와 안 맞는 곳이라며 자위하려고 애썼다(이솝 우화의 〈여우와 신 포도〉 이야기 같지만 이후 꼭 틀린 생각은 아니라고 느끼는 순간들이 있었다).

나의 첫 조카가 태어난 날 서울대 대학원 합격 통지가 공시되었다. 나는 작은아버지가 되는 동시에 서울대 대학원생이 되었다.

다음 학기 서울대 대학원 영문과 입학시험의 특정 문제 지시 사항에는 "답안지에 꼭 한국어로 써야 한다"는 문항이 들어갔다. 졸지에 내가 서울대학교의 이상돈 교수가 된 셈이다.

대학원 첫 학기, 입학시험장에서 있었던 일 때문에 발제문, 페이퍼 등을 한국어로 쓸지 영어로 쓸지가 큰 고민거리가 되었다. 첫 발제문은 한국어로 썼는데 영문학을 한국어로 논의하려니 너무 어색했다. 더 큰 문제는 내 번역 투였다. 듣는 사람, 쓰는 사람 모두 손발이 오그라들고, 세미나에 참석하는 모든 분들의 심신이 피폐해질 것이 우려되었다. 그 후 모든 학술문을 영어로 썼다. 또한 서로의 정신 건강을 위해 입학시험을 감독한 교수님과 마주치는 것을 최대한 피했다. 다행스럽게도 내가 관심 없는 분야의 교수님이어서 어렵지 않은 일이었다.

서울대 대학원과 서울대는 정말 다른 세상이었다. 나는 서울대의 문화가 굉장히 독특하다고 느꼈다. 학부 때는 '서울대의 문화'라고 하면 빙 둘러서서 우유 팩을 발로 차는 이상한 게임(?) 정도를 떠올렸다. 실제로 이 학교에 다니며 학생들을 가르쳐보니 매우 이질적이면서도 이 학교 내에서 통용되는 보편적 문화를 확실히 느낄 수 있었다.

가장 적응되지 않는 부분은 과잉 친절 문화였다. 물론 그건 내 기준에서 하는 말일 뿐 몇몇 교수를 제외한 사람들에게는 적정 수준의 친절이었으리라. 이건 아마 전신이 일본 대학이었기에 그 문화가 전해져 내려오기 때문으로 추측된다. 다들 너무 친절하고 배려하는 나머지(또 캠퍼스가 워낙 커서인지 몰라도) 나와 다른 구성원들 간에는 매우 큰 간격이 존재했다. 그래서 오히려 편할지도 모른다고 생각하며 학원 다니듯 학교에 다녔다. 아니, 학원이라기보다 국립 연구소라는 말이 적당하다. 서울대는 대학이라기보다 무슨 거대한 연구소에 학부 대학이 조그맣게 붙어 있는 분위기였다.

실제로 1970년대에 거대한 골프장 위에 건설된 이

학교의 캠퍼스는 삭막한 기분을 느끼게 했다. 일설에 따르면 당시 정부가 학생들의 민주화 운동 기세를 꺾기 위해 대학로에서 관악으로 서울대를 이전했다고 한다. 6월 항쟁 이후 무려 10년이 지나도록 안암동과 대학로를 바로 잇는 버스가 존재하지 않았다. 내가 학부생이었던 2000년대도 마찬가지였다. 학생운동을 하는 서울대생과 고대생의 교류를 최대한 차단하려는 70, 80년대의 방침이 그대로 이어졌다는 소문이 신빙성이 있어 보였다.

물론 당시 서울대생들은 고립되어 있다고 해서 투쟁을 멈추진 않았다. 한 대학원 선배의 서울대 출신 아버지는 중앙도서관이 건재하게 서 있는 모습을 보고 경악했다고 한다. 브루탈리즘 건축 스타일로 지은 이 도서관에는 창문마다 시멘트로 된 난간이 있는데 민주화 운동 시대 당시 학생 열사들은 그곳에 서서 시국 선언문을 낭독한 후 땅에 뛰어내렸다. 아직도 그들의 모습이 눈에 선한데 어떻게 그 난간을 그대로 둔 건지…. 나는 회비를 내는 졸업생 회원으로 지금도 자주 이 도서관을 이용하는데, 건물의 외관이 눈에 들어올 때마다 그 선배 아버지의 말이 떠오른다.

나는 교내 아르바이트로 대학영어 강사에 지원해 첫 학기부터 논문 학기 직전까지 서울대 학부생들에게 교양 영어를 가르쳤다. 서울대 대학영어 방침은 수업 중 100퍼센트 영어 사용이었고 교실 밖에서 학생을 마주칠 때도 영어를 사용해야 했다. 과외는 많이 해봤으나 대학에서는 한 번도 강의한 적이 없는 내가 첫 강사직을 서울대에서 하게 된 것이다.

공부 못하는 학생보다 잘하는 학생을 가르치는 것이 훨씬 수월하니 걱정할 필요는 없었다. 서울대에서 가장 영어를 못하는 학생도 결국은 서울대생이다. 학생들은 전공과 관계없이 성실하게 수업에 임했다.

가장 인상 깊은 학생들은 음대의 성악 전공자들이었다. 음대가 없는 학교를 졸업한 나는 대학원 입학 전에는 음대생들의 특징이 어떤지 알지 못했다. 일단 성악 전공자들은 이탈리아어와 독일어는 물론 프랑스어와 스페인어 등의 다국어로 공연을 해야 했으니 교양 영어 회화 수업 정도야 편안한 마음으로 들었다. 무엇보다도 성악을 전공하는 학생들은 가만있어도 카리스마가 넘쳐났다. 아무래도 무대를 장악해야 하는 직종이라 그런 사람들이 전공을 하는 듯하다. 한번은 수업 시간에 테너인 학생이 아무 생각 없이 뭔가를 흥얼거렸는데 단순한 콧노래임에도 귀에 쏙 들어와 가슴에 확 박히는 느낌이었다. "Oh my god, what was that!" 하며 깜짝 놀라는 나를 보면서 그는 어리둥절해했다. 그에게는 단순한 콧노래였겠지만 나에겐 다름 아닌 미학적 충격이었다.

미대생에게서는 또 다른 충격을 받았다. 수업 중 회화 연습을 하면서 나는 지하철에서 크로키 연습을 하는 사람을 본 얘기를 했다. 내 옆자리에 앉아 건너편 사람들의 하반신을 작은 스케치북에 재빨리 그리는데 너무 똑같아서 신기한 경험이었고 어떻게 세상에 이런 기술이 존재하고, 이런 기술을 가진 사람이 존재하는지 놀라워한 적이 있었다.

그런데 그 말을 듣던 미대생이 "이렇게요?" 하면서 내 얼굴을 연습장에 쓱쓱 그리는 게 아닌가. 난 30초 만에 그려진 내 모습을 보고 마음속으로 다짐했다.

'음, 난 영문학 공부를 정말 열심히 해야겠구나.'

나는 서른셋이라는 늦은 나이에 대학원에 입학했다. 하지만 나이를 의식하지 못했는데 엉뚱한 순간에 자꾸 내 나이를 걸고넘어지는 교수님이 있었다. 나는 삼십 대에 걸맞은 지혜를 발휘해 애써 그분의 수업을 피했다.(나의 전공 분야 교수인 이분의 수업을 피하는 건 좀 어려운 일이었지만 기어코 해냈다. 성적의 반은 수강 신청이 결정한다는 사실을 명심하길.)

나는 지금도 삼십 대 중반에 석사 학위를 따는 게 이상한 일이라곤 생각지 않는다. 당시 10년 넘게 자기 앞가림을 제대로 해온 프리랜서 번역가 출신으로 이십 대 학생들보다 시간 관리를 훨씬 잘했고 경제적 부담도 적어 공부에 전념할 수 있었으니 나름 나쁘지 않은 전략이었다고 생각한다. 이 말인즉슨 이십 대가 나름대로 유리한 점이 있듯, 삼십 대도 나름대로 유리한 점이 있다는 것이다.

2년 만에 석사 학위를 따면서 정말로 많은 일이 있었으나 그중 나를 가장 뒤흔든 것은 이른바 '18세기 영문학' 사건이었다.

동기 중 한 명은 "매주 수업에 들어오는 날이 크리스마스 같다"고 할 정도였는데 그 말은 사실이었다. 처음

들어보고 다뤄보는 이론과 텍스트들, 나날이 도달해야 할 마음의 지평선이 멀어져가는 느낌이라 힘들지만 설레고 보람찬 2년을 보냈다.

하지만 18세기 영문학 입문 수업은 달랐다. 매우 저명한 교수님이 강의하셨고 매주 보물을 가져다주시는 수업이었다. 그렇게 유익한 수업을 들었음에도 페이퍼나 시험에서 좋은 성적이 나오지 않았다. 수업 내내 뭔가 매끄럽게 연결되지 않는다는 생각이 들었으나 도대체 이유가 무엇인지 알 수 없었다. 실망스러운 성적을 받아 든 나는 성공보다 실패에서 배울 점이 많다는 사실을 되새기며 그 수업 교수님께 면담 신청을 했다. 교수님은 나처럼 해외파였고 심지어 살았던 나라도 두 곳이나 겹치는 분이었다. 그는 내가 영어 실력이 화려하다는 사실을 간파했으며, 내 허점 또한 정확히 짚어냈다.

나는 '글을 잘 쓰지만 글을 못 읽는, 정말로 드문 학생'이었다(그 반대는 오히려 흔하다). 나의 경우 탁월한 영어 실력 덕분에 문장이 너무나도 쉽게 나오는 나머지 글에 대해 깊이 숙고하지 않는다는 것이다. 교수님은 혹시 책을 읽는 순간에는 모두 이해하지만 읽고 나면 하나도 기억이 안 나는지 물었다.

이 질문은 나를 혼란에 빠트렸다. 생각해 보니 정말 그랬다. 내가 대학원에 온 이유는 독서를 사랑해서였지만, 나의 독서법에 치명적인 한계가 있다는 사실을 어렴풋이 느꼈기 때문이기도 했다. 아무리 많은 책을 읽어도 기억하는 내용이 점점 줄어들고 다음 단계로 올라가지 못한다는 느낌. 재미있기에 책을 읽었고, 대학과 대학원에 합격했으며, 번역으로 먹고살 정도의 실력을 갖추었으나 그보다 더 본질적인 독서, 즉 마음을 흔들고 사고를 확장하는 독서를 한 게 마지막으로 언제인지…. 그런 모호하지만 절박한 마음을 교수님께서 정확히 짚어준 것이다.

그 순간 나는 왜 삼십 대가 되도록 영문학에 미련을 떨치지 못했는지, 대학원에 오게 된 진정한 이유가 무엇인지 깨달았다. 나는 미지의 병으로 오랫동안 투병한 후 드디어 정확한 병명을 듣게 된 환자처럼 어안이 벙벙했다. 바로 이 얘기를 듣기 위해, 이 진단을 받기 위해 대학원에 온 것이었다. 오늘날까지도 말로 표현할 수 없을 정도로 그 교수님께 너무나 감사하다.

가끔 해외에서 대학이나 대학원을 나왔다면 더 좋은 번역가가 되지 않았을까 생각해 본다. 당연히 더 좋은 번역가가 되었겠지만 그렇다고 한국에서 받은 교육에 단점만 있었던 건 아니다.

일단은 상대적으로 백인 우월주의로부터 자유로운 공간에서 우리 문학을 공부할 수 있었기에 해외에서 공부한 번역가들이 갖지 못하는 당사자성을 당당히 획득할 수 있었다.

영화 〈기생충〉이 아카데미 최우수 작품상을 탔을 때 제작자는 수상 소감 중 세상에서 가장 까다로운 관객인 한국 관객에게 고마움을 표했다. 한국 독자들 역시 매우 까다롭고 열성적이라 문학을 둘러싼 우리만의 문화와 분위기가 분명 존재한다. 가끔 그 정도가 과해서 탈이긴 하지만. 이런 가운데 나 또한 어느새 문학을 매우 '진지하게' 생각하는 사람이 되어버렸다.

분명한 것은, 한국에서의 삶과 교육은 나를 한국문학 번역가로서 차별화했고 '불타는 쓰레기통'이라 불리는 영미권 출판계에서 살아남을 용기와 구실을 제공했다는 점이다.

지금은 서울대를 생각하면 제일 먼저 축제 문화가 떠오른다. 고려대나 연세대처럼 학교 축제에 자본을 많이 들여 연예인을 초청하고 표를 파는 축제가 아닌, 학생들이 개최하는 작은 축제. 환한 봄 햇살 아래 무대에서 학생들이 친구들을 위해 음악을 연주하고, 잔디밭에 앉아 친구들이 만든 음식을 먹는 소소한 잔치. 도서관에서 빌린 밀턴이나 울프에 관한 무거운 책을 잠시 내려놓고 파전을 먹으며, 그룹사운드를 들으며 17세기 영국혁명, 푸코와 프로이트 그리고 주말에 어떻게 놀지를 대화하는 대학원 동기들. 문학 소년으로서 그렇게 꿈꾸어왔던 찬란한 진리의 삶….

그렇게 꿈같은 2년이 지나고, 바로 다음 해 나는 한국문학 번역가로 데뷔했다.

노위치 이야기

스스로를 과연 문학번역가라고 할 수 있는지 의구심을 가진 적이 있다. 아마 번역을 하는 사람이라면 누구나 이런 감정을 느껴보았을 것이다. 일이 있을 때는 당연히 번역가지만 없을 때는 그냥 '백수'이지 않은가.

2019년 초에 그런 느낌은 극에 달했다. 그전 해 미국과 영국에서 처음으로 번역서를 출판했지만 그 후로는 일이 없어서 표류 중이었다. 아무도 나에게 번역을 의뢰하지 않았고 제안서를 내는 곳마다 고배를 마셨다. 번역할 문학이 없는데 과연 문학번역가라고 할 수 있을까.

그래서 2019년 여름 무언가에 쫓기듯 노위치에 있는 '번역가 레지던시'로 향했다.

지금 생각하면 참 무모한 행위였다. 서울에 멀쩡한 작업실을 놔두고, 박사 졸업을 앞둔 배우자를 뒷바라지할 생각도 전혀 없이(아니, 생각은 했지만 행동으로 옮기지 않았으니 더 악랄하지 않은가) 굳이 지구 반대편에 있는 작업실에 가서 번역을 하겠다니, 그것도 2인용 레지던스라 한 번도 만난 적 없는 외국인 번역가와 동거하면서….

내가 레지던시에 지원한 이유는 우스울 정도로 단순했다. 나는 계속 문학번역가이고 싶었고, 그러려면 누군가는 나를 문학번역가라고 불러주어야 한다고 생각했다. 그래서 영국 노위치 국립문예창작원National Centre for Writing, NCW에 지원서를 내밀었다. NCW는 나의 이름을 불러주었고, 나는 다시금 문학번역가가 되었다.

한국문학번역원에서 한 달간의 생활비와 암스테르담을 경유하는 비행기표를 지원받아 7월 초 영국 서남부 노위치에 도착했다. 입국 당시 실랑이가 있었는데(번역가는 자신의 정체성을 정당화해야 하는 상황에 익숙하다) NCW 직원의 도움과 약간의 위트로 입국에 성공했다. 일종의 신고식을 치렀다고 생각하며 NCW가 위치한 15세기 건물 드래곤 홀에 짐을 풀었다. 그러고는 오후 네

시 노위치의 모든 가게가 문을 닫기 전에 이곳에서 거주하는 동안 쓸 생필품을 구입하러 전속력으로 편의점 부츠Boots로 뛰었다.

영국인들, 특히 잉글랜드 영국인들(그러니까 '유나이티드 킹덤'의 본토인 브리튼섬에서 스코틀랜드와 웨일스를 제외한 곳에 사는 영국인들)은 영국이 아름답다고 생각하지 않는다. 특히 노위치가 있는 노포크 지방을 흉측한 시골이라고 말하는 사람들을 많이 보았다. 하지만 내가 본 노위치는 소박하고 아름답기까지 한, 평범하고 오래된 유럽형 소도시다. 도시라고 하기에도 마을이라고 하기에도 어중간한, 도시 느낌이 나는 커다란 마을 정도라고나 할까.

노위치는 유네스코가 지정한 문학의 도시다. 또한 영미권에서 유일하게 노벨 문학상 수상자가 나온 문예창작 석사과정으로도 유명한 이스트앵글리아대학이 있는 도시다. 이곳에 가려면 암스테르담에서 비행기를 갈아타는 편이 런던히드로공항에서 열차를 환승해서 가는 것보다 훨씬 간편하다(영국의 터무니없는 철도 예약 체계에 대해서는 말을 아끼자). 그만큼 네덜란드와 지리적으로 가까우며 16세기에는 네덜란드 개신교도들이 종교 탄압을 피해 이곳에 정착했을 만큼 네덜란드와 물질적·문화적 교류가 활발한 곳이다.

노위치 시내에는 영국 도시에서는 비교적 보기 드문 운하가 있으며, 네덜란드 양식으로 된 집들이 눈에 띈다. 노위치인들은 네덜란드인들을 스트레인저즈strangers, 즉 '낯선 사람들'이라고 지칭했다. 오늘날 노위치에는 이들에 대한 박물관인 스트레인저즈 뮤지엄Strangers Museum이 있으며 번역문학 출판사 스트레인저즈 프레스Strangers Press도 있다. 인구는 약 12만 명밖에 안 되고 면적도 서초구보다 약간 넓은 정도인데도 무려 국제공항을 갖추고 있다. 네덜란드인들이 대거 이민하기 훨씬 이전인 1세기에는 바이킹들의 정착지이기도 해서 지명과 도로명 곳곳에 그리고 노위치 시민들의 유전자에 오늘날까지도 북유럽의 흔적이 남아 있다.

앞서 말한 노벨 문학상 수상자는 일본계 영국인 가즈오 이시구로다. 그러니 노위치는 섬나라 영국에서 보기 드문 골수 국제도시인 셈이다.

하지만 내가 가장 아끼는 노위치의 문학 유산은 따

로 있다. 부츠가 문을 닫기 일 분 전 겨우 생필품을 구입하고 드래곤 홀로 돌아오는 길, 소나무와 오래된 돌담이 어우러지는 작은 골목에 위치한 세인트 줄리언 교회에 들렀다. 노위치의 줄리언이라 불리는 은둔자는 자신의 이름을 딴 이 교회에서 거의 한평생을 보냈다. 그녀가 살았던 방은 오늘날 이 작은 교회 건물에 재건되어 평온함의 순간을 갈구하는 누구에게나 열려 있다. 기독교인은 아니지만 영미 문학계에 한 획을 그었던 작가인 줄리언에게 영문학 전공자로서 경의를 표하고 싶어서 또한 그 아담하고 아름다운 교회 건물에 잠시 머물고 싶어서, 그곳에 앉아 여행으로 흐트러진 마음을 정리하기로 했다.

영국문학번역원British Centre for Literary Translation이 개최하는 여름학교에 참가하러 이미 두 번이나 온 도시지만 이곳에 올 때마다 교회에 들러 줄리언에게 인사를 드린다. 문 근처에 걸린 공지를 읽고(예배 시간, 성소수자 교인 모임 일정, 합창단 리허설 알림 등) 기부함에 동전 몇 개 넣은 후 초를 켠다. 그날은 줄리언의 방에 들어가지 않고 예배당 신도석에 앉아 제단 옆에 걸린 줄리언의 초상화를 바라보았다.

오늘날 노위치의 줄리언은 성직자라기보다 작가(줄리언은 영국 문학 사상 최초로 자신의 이름을 걸고 책을 출판한 여성이다)로 더 잘 알려져 있다. 하지만 줄리언도 자신을 작가로 생각했을까. 여성 성직자였던 줄리언은, 글을 창작한다기보다 자신에게 축복처럼 글이 내려진다고 생각하지 않았을까. 물론 이건 내 추측일 뿐 줄리언은 작가로서 자부심을 가졌을지도 모른다.

다만 당시 나의 상황과 연결해 보면 나 역시 굳이 문학번역가라는 정체성에 집착할 필요가 있었을지 의구심이 든다. 1990년 부커상을 수상한 영국 소설가 A. S. 바이어트가 옥스퍼드 출판사 영문학 단편 선집을 엮으며 쓴 서론이 생각난다.

"'영국인다움'을 굳이 정의한다면 남들이 뭐라고 하든, 실패를 얼마나 반복하든 꿋꿋이 자기가 하고 싶은 일에 전념하는 것이다."

나 역시 마찬가지다. 누가 뭐라 한들, 내가 해야 할 일이 무엇인지 스스로 확고하면 그만이다. 남들에게서 주어지는 정체성 따위엔 신경 쓰지 않는 것이 나를 위해, 번역을 위해 영문학에서 배워야 하는 무엇이 아닌가 생각한다. 누가 불러주어야 꽃이 되는 것이 아니라, 아무도 불러주지 않아도 꽃필 수 있는 자세와 마음가짐.

물론 그건 한참 후에나 한 생각이고, 그날 저녁 홀로 교회에 앉아 있으면서는 번역가로서의 미래에 대한 심각한 고민에 빠졌다.

드래곤 홀 본관과 연결된 여러 별관은 15세기 이후 안뜰을 형성해 가며 지어지고 무너지고, 다시 지어지고 개조되었다. 별관 중에는 평범해 보이는 이층 가정집이 한 채 있었는데 이 건물이 바로 수많은 작가가 거쳐 간 레지던스였다.

먼저 도착한 나는 같이 지내게 될 싱가포르 출신 번역가 제러미 티앙Jeremy Tiang에게 두 침실 중 큰 방을 양보했다. 트위터로 농담을 몇 번 나누긴 했지만 한 번도 만난 적이 없는, 나보다 한참 고참 번역가라 조금이라도 배려하고 싶은 마음이었다.

처음 만나는 사람과 한 달 동안 한집에서 살 일이 걱정되기도 했지만 제러미는 2019년 런던도서전 지정 번역가Translator of the Fair로 선정될 만큼 영미 출판계에서 유명했기에 연예인을 만나는 것처럼 설레기도 했다.

마돈나의 노래 중에는 "당신을 안다는 건 곧 당신을 사랑한다는 것"이란 가사가 있다. 이건 제러미에게 딱 맞는 말이다. 그를 아는 많은 번역가와 출판인이 그를 사랑하게 되었고 이제 내 차례가 된 것이다. 우리는 한 달 동안 같은 집에서 지내면서 번역을 하고, 영국의 수많은 자선단체가 설립한 빈티지 숍에서 함께 쇼핑하고, 노위치의 모든 펍과 카페를 섭렵하고, 번역가와의 만남 행사에 같이 참여했다.

함께 점심을 먹고 제러미가 자리를 뜨려 하면 세상에서 제일 불쌍한 목소리로 "안 돼, 제러미, 일하러 가지 말고 나랑 놀아줘!" 하고 애원하던 일이 가장 기억에 남는다. 그럴 때마다 제러미는 항상 함께 있어주었다. 당시 그는 중국 쓰촨성 출신 작가 옌거의 《이수지异兽志》(영역본은 *Strange Beasts of China*)를 번역하고 있었는데 나 때문에 레지던시에서 계획한 목표량을 채우지 못한 것 같아 아직까지도 미안한 마음이다. 마침 이스트앵글리아대학에 유학을 온 옌거 작가는 우리 둘을 집에 초대해 집밥도 해주었는데 그렇게 고마운 분의 영국 진출에 방해만 된 것 같아 작가님께도 매우 죄송하다.

제러미는 무엇보다도 성공한 문학번역가의 전형을 몸소 보여주었다. 옥스퍼드대학 영문학과 출신으로 소설에서 희곡까지, 옌거의 소설에서 성룡의 자서전까지 자유자재로 번역할 수 있는 역량, 출판계의 모든 '선수'들을 사로잡는 부드러운 카리스마, 큰 상을 받은 소설가이자 희곡작가이자 배우이기까지 한, 가히 문학번역계의 메릴 스트립이라고 할 정도로 다채로운 사람이었다. 내가 제러미처럼 될 수 없는 건 당연하지만 그의 '스스로 됨'의 자세만큼은 꼭 배우겠다고 다짐했다.

심지어 그는 스트레스가 쌓이면 직접 케이크를 반죽해 굽는 습관이 있었는데 나는 그가 구운 케이크를 맛있게 먹어치우는 역할을 했다. 고로 노위치 레지던스는 내 인생 최초의 그리고 아마 최후의 완벽한 번역가 생태계가 되어주었다.

영국에 있는 동안 표류하던 제안서가 드디어 관심을 받기 시작하더니 제안한 책 가운데 무려 네 권이 줄

꿈만 같았던 노위치 레지던시.
노트북 화면을 보면 정보라 작가의 《저주토끼》를 번역 중이다.
이 글은 3년 후인 2022년 부커상 최종 후보에 오른다.

줄이 계약되거나 가계약되었다. 이 중 《대도시의 사랑법》과 《저주토끼》는 에이전시 없이 직접 영미권 출판사에 제안한 작품이기에 개인적으로 더욱더 깊은 애정을 느낀다. 레지던시에서 완성한 《저주토끼》 샘플 번역은 그해 번역 지원 기금 PEN/Heim의 번역 지원 작품으로 선정되었다. 아마도 나는 한국 번역가 최초로 영국과 미국 모두에서 PEN 번역 지원금을 수상한 번역가일 것이다. '번역가가 되기 위해'라는 뚜렷하지 않은 목표를 갖고 떠난 여정 끝에 정말로 다시 번역가가 되어 귀국했다.

하지만 아이러니한 것은, 노위치에서 보낸 시간 덕분에 더는 번역가로서의 정체성에 대해 고민하지 않게 되었다는 점이다. 남들이 뭐라고 하든 원하는 작업에 전념할 수 있는 소박하지만 값진 기쁨을 얻었고 그 기쁨이 있는 한 나머지는 가볍게, 한없이 가볍게 생각하기로 마음먹었다.

번역가를 사칭한 사기꾼

어느 일요일 아침 실컷 늦잠을 자고 일어나 브런치를 먹을까 마음먹는데 전화가 왔다. 내가 번역하는 책의 작가였다.

앞서 말했듯이 나는 번역하는 책의 작가들에게 연락하지 않는 편이다. 예를 들어 황석영의 기나긴 자서전 《수인》을 처음부터 끝까지 번역하면서도 그와 전화하거나 문자 한 통 주고받은 적이 없을 정도다. 앞서 말했듯이 번역하는 작품을 잘 이해하고 있다고 느끼기 때문에 이게 무슨 뜻인지 저게 무슨 뜻인지 미주알고주알 질문할 필요가 없다. 바쁜 작가님들 역시 몇 년 전 쓴 작품의 번역 때문에 에너지를 쏟고 싶진 않을 것이다. 질문을 많이 한다면 글을 잘 쓰지 못한 작가의 문제일 텐데 내가 번역하는 작품을 쓴 작가들은 모두 너무나도 글을 잘

쓰시는 분들이었다. 그러므로 번역가가 작업할 때 작가와 자주 연락한다면 신중함 때문일 수도 있지만 어쩌면 번역가의 출발어 독해력이 약하거나 글을 못 쓰는 작가를 번역하기 때문일지도 모른다.

아무튼 작가가 전화를 했다는 건 매우 이례적 상황이었다.

반쯤 깬 상태에서 '통화' 버튼을 눌렀다.

"안녕하세요, 작가님? 일요일에 전화를 다 하시고 무슨 일인가요?"

"네, 다름이 아니라 방금 요청하신 원고를 구체적으로 어디에 쓰실 건지 알고 싶어서요."

"네? 무슨 원고요?"

"저한테 방금 요청하신 제 차기작 원고 말입니다."

이게 무슨 자다 봉창 두드리는 소리인가. 아직도 잠에서 덜 깨어난 뇌세포들을 억지로 이불에서 끌어내며 애써 대화를 이어갔다.

"그러니까 제가 작가님께 차기작 원고를 요청했다고요?"

"네, 이메일로요."

"제가 언제…?"

"조금 전에요."

일순 잠에서 확 깼다.

"작가님, 이건 사기꾼입니다."

몇 년 전 뉴욕의 유명 에이전트를 사칭하는 사기꾼이 번역가인 나의 지인에게 접근해서 그가 번역 중이던 중견 한인 작가의 미출간 원고를 보내달라고 요청했다.

미출간 원고의 배포는 에이전트나 출판사의 관할이기에 번역가는 함부로 유출을 할 수 없다. 무엇보다도 에이전트가 작가도 아닌 번역가에게 원고를 요청하는 상황이 이상했던 지인은 끝까지 원고를 넘기지 않았다. 며칠 후, 진짜 에이전트가 요즘 사기꾼이 자신을 사칭하며 미출간 원고를 빼돌리려 한다는 연락을 해왔다.

지인과 나는 안도의 한숨을 내쉬었고 동시에 궁금증이 밀려왔다. 미출간 원고를 빼돌리려는 이유가 무엇일까? 작가의 팬인가? 아무리 열성 팬이라도 사기를 치면서까지 미출간 차기작을 읽고 싶을까? 제대로 편집한

깔끔한 단행본 형태의 초판이 백만 배는 더 읽기 편할 텐데….

범죄의 동기야 그 사기꾼만이 알 수 있으니 우리는 그저 하나의 해프닝이라고 생각하고 잊기로 했다.

그때 일을 정말로 잊지 않았던 게 다행이었다.

다시 그 황당했던 일요일 아침으로 돌아가 보자. 나는 최대한 침착하게 목소리를 가다듬고 작가님께 여쭸다.

"제 거라고 사칭한 이메일 주소를 불러주시겠어요?"

사기꾼이 보낸 이메일 주소는 내 이메일과 거의 흡사했는데 영문자 m 대신 rn, 그러니까 r와 n을 붙여 써서 교묘하게 눈을 속이려는 의도가 보였다.

더 웃긴 건 사기꾼이 작가님과의 대화에서 어설픈 한국어 반말을 사용했다는 사실이다. 나는 절대로 작가들에게 반말을 사용하지 않는다. 당연히 나보다 훨씬 연배가 낮은 전삼혜 작가님이나 박상영 작가님에게도 항상 존대한다. 그 작가님은 내가 갑자기 말을 놓는 게 이상해서 이메일에 답장을 보내려던 걸 멈추고 전화를 한 것이다.

사기꾼의 이메일을 전달받은 후 내가 아는 모든 국

내외 출판인과 작가들에게 사칭 주의 이메일을 돌리고 트위터에도 올렸다. 그러자 나와 작업한 적이 있는 미국과 영국 출판사 몇 군데서도 조금 전 나를 사칭한 작자의 이메일을 받았다고 답해 왔다. 어떤 에이전트는 자신을 사칭하는 에이전트도 있었다고 알려주었다.

이 황당무계한 상황에서 가장 코믹한 부분은 나를 사칭한 이메일 계정으로 나에게 (영어로) 직접 연락을 했다는 것이다. 사기꾼은 나를 사칭해서 정말 미안하다고 하며, 사례비를 줄 테니 한국 출판사 웹사이트에 연재되었던 소설의 파일을 보내줄 수 있냐고 물었다.

기가 막혔다. 그러니까 네 명의를 사칭해서 미안하긴 하지만 그래도 사기 쳐서 빼돌리려 했던 원고 좀 대신 빼돌려달라고? 사기꾼 따위가 나를 얼마나 무시했으면 한 치의 부끄러움도 없이 이런 제안을 하는가?(나는 한국 출판사에서 '무서운 분'이라는 말도 들은 사람이건만.) 제안의 내용보다 그런 제안을 했다는 사실 자체가 더 모욕적이었다.

그래도 역시 번역가 따위인 내가 액션 영화 〈테이

큰〉의 리암 니슨처럼 전화에 대고 "있는 수단 없는 수단 다해서 당신을 찾아내고 말겠다"고 협박할 수도 없어서 목구멍까지 차오르는 욕설을 간신히 삼켰다. 그러고는 이메일의 eml 파일을 증거용으로 추출하고 해당 계정을 구글에 신고했다.

뉴욕에 있는 번역가 친구 제프리 저커먼은 내게 〈뉴욕타임스〉 기사를 보냈다. 영미 출판계에서 누군가 에이전트, 출판사, 번역가 등을 사칭하며 작가와 출판인, 번역가에게 사기를 쳐서 미출간 원고를 빼돌리려 한다는 내용으로 한국어, 아이슬란드어 등 독자층이 적은 언어권의 작가들까지 노렸다고 했다. 소문에 따르면 어느 한국인 작가는 미출간 원고가 한국어로 출간되기도 전에 털렸다고 한다(다행히 그 책은 원고 유출과 연관된 별다른 해프닝 없이 무사히 출판되었다).

사기꾼은 내게 그랬듯이 출판 관계자의 이메일을 사칭하며 주소의 m을 r과 n으로 교체하는 수법을 자주 사용했다(이를테면 penguinrandomhouse.com은 penguinrandornhouse.com으로). 이런 눈속임 도메인 몇십 개를 돈 주고 인수한 듯했다.

비슷한 일을 당했다는 출판인 지인들에게서도 DM으로 제보가 들어오면서 영미권 출판인들 사이에서는 온갖 추측이 난무했다. 사기꾼은 혼자일까? 여러 명이 공범일까? 이 도메인들을 사들일 돈은 어디서 나왔을까?

무엇보다도 왜? 미출간 원고를 왜 빼돌리는가?

기사에 따르면 훔친 원고를 어디에 사용하는지 아무도 모른다고 했다. 그 원고들을 표절한 작품이 나오지도 않았고, 인터넷에서 암거래되지도 않았으며, 《해리포터》도 아닌 평범한 문학작품(그들이 노린 작품 상당수가 시장이 작은 번역 작품이었다)이 돈이 되지도 않을 터였다.

번역가들 역시 온갖 추측을 내놓았지만 아무리 생각해도 그럴싸한 범죄 동기를 떠올릴 수 없었다.

그때 뉴욕의 한 잡지사 기자에게 연락이 왔다. 이 사건을 기사화하기 위해 인터뷰를 하고 싶다고 했다. 아는 대로 들려주었더니 범인이 어떤 사람 같냐고 물었다. 사기꾼은 한국어와 영어가 모두 어설픈 점으로 미루어 한국어를 공부한 비영어권 외국인 혹은 비영어권 교포로 짐작된다고 답했다. 한국어를 배운 러시아인이라 치면 한국어 실력이 너무 형편없었지만…(러시아어가 워낙 어려워 러시아인에게 한국어 배우기는 누워서 떡 먹기라고 한다) 러시아 사람일 가능성도 염두에 두었다. 일단 세상에서 외국어를 제일 못하는 나라라면 1, 2위를 다투는 미국이나 영국의 네이티브는 아니라고 확신했다.

그런데 이 (미국인) 기자의 추측은 달랐다. 한국문학 번역가들을 상대한 사기꾼은 아마도 다른 언어권 사람들에게 접근한 사기꾼과는 별개의 인물이며, 사기 사건의 수가 너무 많으니 한 사람의 소행이 아닐 확률이 높다고 보았다. 무엇보다도 한국어를 한다는 사실을 중요한 단서로 꼽았다. 사기를 당한 다른 출판인들은 프랑스어, 이탈리아어, 아이슬란드어 등 사용자는 적다 해도 일단 유럽어로 작업하는 사람들인데 한국 출판인이 끼어 있는 게 유독 특이하다고도 했다. 또한 (한국문학 번역가가 아닌 한…) 영미 출판계의 생태계를 이 정도로 속속들이 파악하면서 한국어를 (어설프게나마) 구사할 줄 아는 사람이 거의 전무하다는 것이다.

일리 있는 추측이었다.

기자는 결국 기사에서 내가 한 말을 일체 인용하지

않았고 한동안 나는 이 이상한 사건을 잊고 살았다. 몇 년간 영미 출판계를 미궁에 빠트린 사건이었다.

번역가를 사칭한 사기꾼의 정체

2022년 새해가 며칠 지난 어느 날 아침, 여느 때와 다름없이 눈뜨자마자 휴대폰 메시지를 확인했다.

"안톤! 원고 사기꾼 잡았대! 〈뉴욕타임스〉 대서특필!"

이번에도 번역가 친구 제프리가 보낸 문자였다. 그때까지 침대에서 뒹굴거리던 나는 벌떡 일어나 트위터를 열었다. 트위터 속 나의 영미 출판계 타임라인은 아수라장이었다.

실명을 언급하는 것조차 싫으니 여기서는 전 이탈리아 총리 실비오 베를루스코니의 이름을 따 실비오라고 부르겠다. 20대 후반. 이탈리아 국적. 대형 출판사 영국 지사에서 근무. 1월 5일 여행차 뉴욕 JFK공항에 도착

직후 FBI에 검거됨.

그때부터 언론은 그에 대한 자세한 사항을 보도했다.

그는 중국어를 전공한 이탈리아 사람이었다(검거 당시 그는 미국에서 이탈리아인이 체포당할 수 있다는 사실에 놀라워했다). 그의 아버지는 정치인이었고, 생활 동반자는 런던 금융계 종사자였다. 그의 아버지는 무려 30만 달러나 되는 보석금을 내주기도 했다.

"그가 잡히다니! 믿을 수가 없어."

괴로움인지 쾌감인지 모를 감정에 휩싸여 미국에서 저녁 식사 준비 중이던 제프리에게 문자를 보냈다.

제프리가 답문을 보내왔다.

"이탈리아 속담에는 '번역인가 반역인가'라는 말이 있는데 번역가이자 반역자가 이탈리아 사람이었다니 참 아이러니하다."

"뭐? 번역가라고? 출판인이라고 하던데?"

"맞아. 검색해 보았더니 출판사 직원이자 번역가였어."

"맙소사…."

"근데 너희 한국문학 번역가들도 좀 '멘붕'이었겠군."

"우리가 왜?"

"못 들었어? 김지영의 '1982'인가 하는 책을 이탈리아어로 번역했다는데?"

제프리는 어느 이탈리아 출판사의 링크를 보내주었고 그 말이 맞았다. 실비오는 《82년생 김지영》의 이탈리어 번역가였다.

이럴 수가… 전 세계 출판계를 미궁에 빠트린 사기꾼이 한국문학 번역가였다니…!

앞서 말했던 기자의 추측은 틀렸다. 왜 그의 영어와 한국어가 모두 어설펐는가, 내게 친 사기와 다른 출판인들에게 친 사기가 어떻게 연관되는가…. 궁금했던 거의 모든 문제가 단숨에 설명되었다.

뉴욕 잡지사 기자는 다시 이 사건에 대한 기사를 썼다.

실비오는 뉴욕 JFK공항에서 체포되기 전날까지도 영국 출판인을 사칭했다. 그러면서 뉴욕에 있는 나의 지인인 교포 작가 T에게 내가 번역 중인 박상영의 《1차원이 되고 싶어》 출판 검토서를 받아내려고 했다. 출판 검토서란 책의 내용을 세세히 설명하고 현지의 맥락에서 출판된 과정 및 도착어 시장에서의 적용 방안 등을 제시하는 품이 많이 드는 보고서다.

이로써 '나의 사기꾼'과 '타인들의 사기꾼'이 한 인물로 집결되는 듯했다.

T 작가는 검토서 제안을 받고 나서 뭔가 의심이 가고 내 생각도 나서 사칭당한 출판인에게 직접 연락을 했고 그런 일을 의뢰한 적이 없다는 그의 답변을 듣고는 사기꾼 짓임을 확신했다고 한다. T 작가가 내게 직접 들려준 얘기다. 역시 사건 당시 내가 트위터에서 설레발친 건 잘한 일이었다.

기사는 실비오의 범죄 동기에 대한 몇 가지 추측을 내놨다.

지금까지 진행된 재판 과정에서 용의자는 순전히 남들보다 책을 먼저 읽고 싶어서 그랬다고 했다. 공식적 이유는 미출간 원고의 콘셉트를 베껴 자신의 작품을 쓰려고 했다는 것이었는데 이렇게 되면 출판 즉시 사기꾼의 정체가 알려지니 말도 안 되는 얘기다.

기사는 용의자가 십 대에 출판한, 어린 시절 왕따당하는 이야기를 쓴 장편소설을 언급했다. 집단 괴롭힘을 당하던 이 소설의 주인공은 자신을 괴롭히는 아이들에게 《해리 포터》 해적판을 구해 줌으로써 고통에서 벗어난다. 그러면서 이 모든 사기 사건이 (출판계에서 당한) 왕따(?)에 대한 심리적 복수극이라고 추측했다(물론 이 기자의 말에 전혀 신뢰성이 없진 않지만 그는 한국어를 공부한, 미국인이나 영국인이 아닌 외국인이라는 나의 추측을 믿지 않았던 사람이기도 하다).

기사에 나온 또 다른 설명은 릴레이 번역을 위해 전문 문학번역가의 수가 적은 언어권들(한국, 아이슬란드 등)의 영어권 히트작을 노려 이탈리아어로 중역하려고 했다는 추측이다.

법을 어기면서까지 문학번역가가 되고 싶은 사람이 있으랴만은 그 정도로 책을 좋아하고 책을 만드는 사람이 되고 싶다면야….

사기꾼이 나를 사칭했을 때 사용했던 계정에 이메

일을 보내보고 싶었다. 나의 이메일 주소에서 m을 rn으로 교체만 하면 되는 주소였다.

"실비오… 네가 실비오가 맞다면… 도대체 왜 그랬지? 기사에선 번역가가 되고 싶어서 그랬다는데 그렇게 번역가가 되고 싶었다면 내 강의라도 들었어야지. 그럼 내가 널 도왔을 텐데…. 왜 그런 수법을 쓰고 심지어 그 계정으로 내게 연락한 이유는 또 뭐지? 내가 그렇게 멍청해 보여서? 암튼… 재판이나 잘 받으려무나…."

하지만 난 당연히 이메일을 보내지 않았다. 무슨 악령이 씌일지 몰라 두려웠기에. 대신 하루 종일 '내 뇌가 어디로 갔지?… 내 뇌 말이야…'를 되뇌며 일을 하는 둥 마는 둥 했다.

법정에서 그는 단순히 남들보다 신작을 먼저 읽고 싶어서 그랬다는 주장을 고수했다. 그리고 일 년 후 무죄판결을 받아 곧바로 미국에서 강제 추방을 당했다. 그가 영미 출판계로 돌아올 수 있을지는 미지수다.

그러거나 말거나 난 사과부터 받기를 원했으나 미국의 정의 구현 체제를 봐서는 불가능한 욕심이었다. 그가 감옥에 가는 건 과할지 몰라도 적어도 피해자들에게 사과는 해야 하지 않을까? 아무튼 다시는 상대할 일 없는 인간이길 바란다.

시행만 있고 착오는 없는 사람

실패란 없다. 성공으로 가는 과정만 있을 뿐. 다시 말해 우리가 실패라고 생각하는 많은 경우는 성공으로 가는 과정의 일부인 것이다. 실패는 뭔가를 잃는 과정이 아니라 성공을 위해 정보를 수집하는 연구 과정이다.

이는 미국의 작가이자 번역가인 로렌스 시멜이 상기해 준 진리이기도 하다. 로렌스는 다작하는 번역가로 유명한데 번역 일거리 모두를 거의 혼자 힘으로 수주하는 듯했다. 비결을 물었더니 제안서를 전략적으로 쓰고 혹시라도 반려되면 그 이유를 유심히 살펴 다음번에는 개선된 형태로 활용하는 것이라고 답했다. 즉 '제출→반려→제출→반려→제출→채택'이 아니라, '제출→반려→검토 후 다시 제출→반려→검토 후 다시 제출→채택'의 과정이 되도록 노력한다는 것이다. 그러면서 이렇게 제안서를 제출하는 작업을 정보 수집과 네트워킹의 일부로 보라고 했다. 첫 타에 성공하는 경우는 드물고, 시행착오를 거쳐야 성공에 도달할 수 있는데 이는 전체적으로 보면 일종의 대화의 과정이라고도 했다.

모든 게 빈틈없이 완벽한 사람을 만나면 '노력 많이 했군' 하고 감탄하기보다는 애초에 주어진 여건 덕분이라는 생각이 든다. 실패 없이 성공의 길만 걸었다는 사람을 보면 도전적이지 않고, 자기 능력을 시험해 본 적이 없으며, 안전하고 뻔한 길만 갔다는 걸 증빙하는 걸로 보인다. 그들은 남이 가라는 길만 가고, 하라는 일만 하고, 남의 전철만 밟는 사람들이 아닐까. 그러면서도 그들은 자신이 제일 힘들다고 불평을 한다.

'그래. 그런 삶이 얼마나 답답하겠어. 힘들 만도 하지.'

물론 여러 제약 때문에 어쩔 수 없이 그렇게 살아야 하는 사람도 있을 것이다. 하지만 조금만 대범해지면 충분히 그런 삶에서 벗어날 수 있는데도 그렇게밖에 살지 못하는 사람도 분명 존재할 것이다.

당신은 어느 편에 속하는가?

부커상 메모리즈

2022년 초봄, 코로나에 걸렸다.

2년 동안 조심조심했는데 많은 사람들이 감염될 때 결국 나도 피하지 못했다. 하도 코로나 환자가 많던 때라 집에 격리되고 거의 이틀이나 지나서야 약을 배달받았다. 타이레놀 한 알 없어서 몇 년 전 해외여행 때 샀던 두통약으로 하루하루 버텨야 했다. 해외여행… 까마득한 과거처럼 느껴지는 나날들(이라고 해보았자 2019년)의 희귀한 흔적인 약을 찾아 온 집을 뒤졌고 마침내 아일랜드 더블린시에서 산 이 약이 담긴 상자를 발견했을 땐 외계에서 온 신기한 물건을 보는 느낌이었다.

〈섹스 앤 더 시티〉 마지막 편에서 캐리가 디오르 가방 안 구멍에서 잃어버린 줄 알았던 '캐리 목걸이'를 찾았던 순간 느꼈을 법한 기쁨과 서러움이 교차했다.

훗날 팬데믹이 그렇게 기억될 것 같다. 모든 기쁨의

순간이 살짝 그늘진 채, 언젠가 그 그늘이 걷힐 날까지 매우 미세하고 예민한 감정으로만 감지되는, 묘하게 어두워서 모든 감정이 더 선명했던 시간.

배우자와 따로 격리한 지 거의 일주일이 지난 어느 저녁. 쓸쓸히 휴대폰을 들여다보는데 도서출판 혼포드 스타의 편집자 테일러 브래들리Taylor Bradley에게 온 이메일 제목이 보였다.

'《저주토끼》 관련 아주 좋은 소식!!!!!'

기대보다 두려움이 엄습했다. 난 항상 기쁨보다 실망에 익숙했고, 좋은 소식도 결국엔 실망으로 귀결될 확률이 높았다. 미리 나의 마음을 보호하겠다는 듯 두려움이 엄습했다.

책이 나온 지 일 년도 안 된 이 시점에서 무슨 좋은 소식이…? 설마…?

마침 그 시기이긴 했다.

이메일을 클릭했고, 내가 번역한 정보라의 소설집이 부커상 국제 부문 후보작으로 올랐다는 소식을 읽었다. 기뻐서 비명을 질렀지만 너무 힘이 없어 신음 소리가 나왔다. 곧바로 배우자와 영상통화를 했다.

"《저주토끼》가 부커상 후보에 올랐어!"

순간 코로나에 걸린 사실은 완전히 잊었고 감격해서 눈물을 터트렸다. 배우자도 함께 울었다. 내가 고생하는 것을 곁에서 봐왔기 때문일 수도, 순전히 내가 울고 있었기 때문일 수도 있었다. 몸이 아프지 않았으면 덜 울었을까. 몸과 마음은 너무나도 나약해진 상태였고, 기쁜 소식이었지만 너무 갑작스러워서 아주, 아주 멋진 교통사고를 당하는 느낌이었다. 눈물을 참을 수가 없었다.

눈물을 닦으며 영상통화를 끝낸 후 흐뭇한 마음으로 소파에 앉아 허공을 바라보았다.

이제부터 모든 것이 달라질 거야, 한국 출판사들도, 한국문학번역원도 드디어 나를 존경하게 될 거야, 다시는 지원 심사에서 삼류 백인 번역가 따위에게 밀리지 않을 거야…. 마음을 진정시키고 빨리 정보라 작가님께 연락해 봐야겠군….

그때 휴대폰에서 다시 이메일 알림음이 났다.

이번엔 도서출판 틸티드 액시스의 크리스틴 알파로

Kristen Alfaro의 이메일이었다.

아니…, 설마…?

"상영 씨, 안톤 씨, 축하드립니다. 《대도시의 사랑법》이 부커상 롱리스트(1차 후보)에 올랐습니다."

What, what…?

이번에는 기쁨보다 황당함이 앞섰다. 내가 번역한 책이 두 권이나 후보작이라고? 그게 가능하단 말인가?

다시 배우자에게 전화를 걸었다.

"저기 말야…, 《대도시의 사랑법》도 롱리스트에 올랐다고 해…."

배우자는 전혀 놀랍지 않다고 했다. 열세 권 중 세 권은 올라야 하는데 오히려 의아하다나.

일순 흐뭇한 마음은 증발하고 공중에 붕 떠 있는 기분이 들었다. 눈 깜짝할 사이 산소와 기압이 부족한 고도의 공간에 올라와 버린 느낌이었다.

많은 사람들이 오해하는데 부커상 국제 부문은 작

배우자가 《저주토끼》의 부커상 홍보 활동을 위해 제작한 굿즈.

가만이 아닌 번역가에게도 주는 상이다. 즉 그 책의 원서에 수여한다기보다는 영문 번역본에 수여하는 상이다. 이는 한국 언론과 인터뷰하면서 거듭 언급한 사항이기도 하다.

"왜 원서를 들고 오셨어요? 부커상 후보작은 번역본입니다."

부커상은 영역본 번역가로서 노릴 수 있는 최고의 상이다. 노벨 문학상은 번역가에게 주지 않으니(일단 준 적이 없으니) 부커상이 곧 영어 번역계의 노벨 문학상이라고 생각해도 과언이 아니다. 그런데 나의 작품 중 부커상 수상 조건(소설이어야 하고, 살아 있는 작가의 작품이어야 하고, 영국에서 출판되어야 한다. 내 기존 작품들은 비소설이거나, 작가가 작고했거나, 미국에서만 출판된 번역서들이었다.)을 충족시킨 첫 두 권이 나란히 부커상 롱리스트에 오른 것이다. 그것도 번역가 출신이 심사위원장을 맡은 첫해에 이런 영광이라니. 문학번역계에서 나를 칭찬해 주는 것만 같아서 더욱 의미 있는 일이었다. 유색인종이라고, 한국인이라고, 비원어민 번역가라고 날 무시하는 사람은 이제 아무도 없을 것이다.

그리고 무엇보다도 더블 롱리스팅이라니!

심하게 앓던 몸의 고통이 사라지고 지난날 겪은 숱한 어려움들이 흩어지는 느낌과 함께 무거웠던 마음이 깃털처럼 가벼워졌다.

2016년 부커상 국제 부문 수상자 데보라 스미스 선생님이 소식을 듣고 단 한 단어로 된 트위터 메시지를 보냈다.

"TWICE!(두 권이나!)"

발표가 나기 무섭게 제니퍼 크로프트의 축하 이메일도 도착했다. 2018년 부커상 국제 부문 수상자였던 그녀는 나와 함께 전미번역상 심사위원을 맡은 적이 있으며, 2022년 당시 함께 롱리스트 후보에 올라 쇼트리스트(최종 후보)까지 간 번역가다.

"난 안톤이 이기길 바라!"

이번에는 눈물 대신 폭소를 터트렸다.

그 뒤에도 수많은 영미 출판계 지인의 축하 메시지가 쏟아졌다. 이 바닥 사람을 이렇게 많이 알고 있었다니…. 문자로 된 메시지만 보아도 그들의 기쁜 마음이 그대로 전해졌다. 워낙 온종일 글을 가지고 일하는 사람들 아닌가.

더블 롱리스팅!

국제 부커상 역사상 한 사람의 번역가가 두 권의 번역서로 롱리스트에 오른 적이 딱 두 번 더 있었다는 사실은 검색을 통해 알았다. 한 번은 2022년 국제 부커상 심사위원장인 프랭크 윈, 다른 한 번은 전설의 스페인어 번역가 소피 휴즈Sophie Hughes. 이젠 내가 그 세 번째 경우가 되었다.

한두 편 기사를 제외하면 한국 언론은 부커상 후보에 한국 책 두 권이 올랐다는 사실에 무게를 두었다. 번역가 한 사람이, 그것도 유색인종 번역가의 작품 두 권이 후보에 올랐다는 사실에는 무심한 편이었다. 한 해 동안 부커상 후보작을 두 편이나 배출한 것은 한국문학이 대단해서라는 결론이 한국 언론의 전반적 반응이었다. 즉 작가, 장르, 문체가 완전히 다른 두 작가가 함께 부커상 후보에 오른 건 한국문학의 힘 덕분이라는 얘기였다. 그들에겐 두 작품의 번역가가 같다는 사실은 우연

일 뿐이었고, 번역가는 얼마든 교체할 수 있는 사람이며, 누가 번역했어도 결과가 같았다고 보는 듯했다. 한국 사회의 번역가에 대한 전반적 무관심 내지 혐오(?)가 국수주의와 결합된 경우였다.

이상하게 들릴지 모르지만 나는 그때부터 앞으로 있을 부커상 관련 일정에 대한 비공식 컨설팅을 받았다. 함께 롱리스트에 오른 동료이자 친구인 다니엘 한Daniel Hahn(한국인 아님)과 통화를 했는데 그는 2016년 쇼트리스트에 올랐던 포르투갈어 번역가다.

"솔직히 롱리스트에 오른다고 그닥 달라지는 건 없어. 일단 출발어 시장 반응은 커지겠지. 하지만 쇼트리스트에는 올라야 런던에 갈 수 있고 각종 행사에 불려나가지."

그가 말한 대로 그쯤 한국 언론은《저주토끼》와《대도시의 사랑법》부커상 후보 지명에 대한 기사를 쏟아냈다.

"두 권 중 어떤 책이 쇼트리스트에 오르길 바라?"

다니엘이 장난스레 물었다. 난 솔직한 심정을 얘기했다.

"수상은 못 해도 되지만 쇼트리스트에는 한 권이라도 꼭 올라가면 좋겠어. 프랭크와 소피의 경우에도 두 권 중 하나는 쇼트리스트에 올랐잖아. 더블 롱리스팅 후 한 권도 쇼트리스트에 오르지 못하면 역사상 최초란 타이틀을 달게 될 거야. 쇼트리스트에 못 오른 더블 롱리스트의 사례가 영원히 'The Anton'이라고 불리는 건 원하지 않아."

별게 다 걱정이라고 할지 몰라도 나로선 진지한 고민이었다. 영국 사람들은 본디 그런 이름이나 별명을 붙이는 걸 즐기는데 그런 식으로 역사에 남기 원하는 사람은 없을 것이다. 어찌 걱정이 안 될 수 있는가.

"넌 남들보다 쇼트리스트에 오를 확률이 두 배니까 너무 걱정하지 마."

'이 친구가 끝까지 날 놀려 먹는군.'

하지만 틀린 말은 아니었다.

쇼트리스트 발표일은 공교롭게도 내 생일이었다(심사위원장 프랭크 윈의 생일이기도 했다). 《저주토끼》가 쇼트리스트에 올랐다는 소식을 들었을 때 나는 서울에서 송도 가는 지하철을 타고 있었다. 아무것도 보이지 않는 창밖을 멍하니 내다보는데 이번에도 테일러에게 이메일이 왔다. 사람들에게 둘러싸여 앉지도, 걷지도, 펄쩍펄쩍 뛰지도 못한 채 창밖을 휙휙 지나쳐 가는 캄캄한 터널을 바라보았고 터져나오는 눈물과 흐뭇한 마음을 억지로 감췄다.

쇼트리스트 공개 후 나는 《모래의 무덤》 기탄잘리 슈리 작가와 데이지 록웰 번역가 팀에 주목했다. 그때까지 남아시아계 작품이 수상한 적이 한 번도 없었는데 책의 내용도 내용이려니와 무엇보다도 번역이 감탄을 자아낼 정도로 수려하다. 번역서를 읽으며 "아니, 대체 힌디어로 어떻게 썼기에 이토록 아름다운 영어가 가능할까"라는 생각을 했을 정도였다.

나는 곧바로 예전부터 온라인상에서 친하게 지낸 데이지에게 인스타 DM을 보냈다(독자 여러분은 내가 해외 번역가를 왜 이렇게 많이 아는지 궁금해할지 모르지만 도착어를 영어로 하는 전업 문학번역가의 수는 생각보다 적다).

"당신이 수상할 거란 사실 알고 계시죠?"

데이지는 악마의 눈 이모티콘을 보내며 복 나가는 소리는 제발 삼가달라고 당부했다. 나는 계속 진담 반 농담 반으로 놀려댔다.

"당신이 부커상을 수상할 거잖아요? 솔직히 그렇게 생각하시죠? 제 말 맞죠?"

데이지는 또다시 악마의 눈 이모티콘으로 답했다. 이렇게 우리는 서로 개그를 주고받았다.

나는 인스타그램에 쇼트리스트에 선정된 소감을 올렸다.

"WE'RE GOING TO LONDON!"

쇼트리스트에 오른 후에는 런던에서 거행하는 시상식에 참석하고, 현지에서 라이브 이벤트를 두 번 연다. 수상을 하게 되면 각종 언론 인터뷰에 응하고 헤이 문학 축제에 참석하는 일정이 기다린다.

부커상 관례상 후보작 작가와 번역가는 출판사 경비로 런던 항공권과 체류 비용을 충당하며 나는 쇼트리스팅에 대비해 한국문학번역원 지원금을 신청해 놓은 상태였다. 그런데 번역원이 규정상 지원금을 후불제로 지불한다고 해서 나와 배우자의 항공권과 체류 비용을 내 카드로 먼저 결제해야 했다. 번역원은 3월 말까지 서류 제출을 요구했고 지원금은 7월에 입금되었으니 돈이 나오지 않는 3개월 동안 먹고사는 문제가 난감했다. 6월 뉴욕 출장에서 체크인을 할 때 사용 한도 초과로 카드를 거절당할 정도였다. 게다가 그 알량한 지원금마저 100퍼센트 지원이 아닌 부분 지원이었다.

딴 나라들은 이런 식으로 하지 않는다. 일례로 쇼트리스트에 오른 아르헨티나의 클라우디아 피네이로 작가와 프랜시스 리들Frances Riddle(미국의 라틴아메리카 문학 번역가) 일행은 런던의 아르헨티나 대사 관저에서 묵었다.

이것이 대한민국 소프트파워 지원 전략의 민낯이다. 'K-문학'이니 하는 기괴한 브랜딩보다 번역과 번역가를 실질적으로 지원하는 데 더 힘써야 하지 않겠는가.

어쨌든 부커상 시상식 덕분에 그간 팬데믹 때문에 불가능했던 해외여행을 2년 만에 하게 되었다. 당시 신경숙의 《바이올렛》 영역본이 곧 출시될 예정이었는데 내 첫 번역 작품이 작가님의 《리진》이었다. 나의 배우자는 작가님에 대한 오마주로 시상식에 갈 때 입은 양복에 정성껏 만든 바이올렛 모양 꽃핀을 꽂았다.

무엇보다 우리는 다른 번역가 후보들을 만날 생각에 들떠 있었다. 출산이 임박한 제니퍼는 미국에 있었지만(부커상 관련 첫 행사 도중 진행자가 무대에서 제니퍼의 쌍둥이 출산 소식을 발표해서 우리 모두 박수갈채를 보냈다) 샘 벳Sam Bett(미국의 일본어 번역가), 데이비드 보이드David Boyd(미국의 일본어 번역가), 데이지 록웰, 데이미언 설스(미국의 작가이자 서유럽 언어 번역가), 프랜시스 리들을 빨리 만나 보고 싶었다. 샘과 데이지는 온라인상 친분이 있었지만 데이미언과 프랜시스는 만나 본 사람이 거의 없을 정도로 신비주의에 싸인 인물들이었다. 굉장히 어려운 번역을 수려하게, 아무것도 아닌 것처럼 풀어나가는 문체의 소유자 데이미언, 섬세하면서도 냉정할 정도로 정확한 문장력이 돋보이는 프랜시스, 이런 분들이 과연 나 따위를 동료로 인정할까 생각했던 건 기우였다. 두 사람 모두 너무나도 따뜻하게 맞이해 주었고 만나자마자 동종 업계 종사자로서 공감대가 형성되었다.

데이지의 경우 인터넷상에서도 현실에서도 매우 쾌

활한 사람이다. 마침 우리 둘 다 번쩍이는 은색 운동화를 신었는데 맨체스터에서 열린 번역가 행사에서는 나란히 앉아 번쩍이는 운동화를 관객들에게 과시하기도 했다. 그 행사에서는 자신이 번역한 작품을 낭독하는 시간이 있었는데 데이지가 곁에서 《모래의 무덤》을 읽는 것을 들으며 기분이 착 가라앉았다. 그래도 《저주토끼》가 이길 확률이 조금이라도 있지 않을까… 하는 조그마한 기대도 완전히 무너졌다. 기탄잘리 슈리의 글과 데이지의 번역은 너무나 빼어나서 제아무리 자아도취에 빠진 안톤 허도 이런 생각을 하지 않을 수 없었다.

'《저주토끼》가 《모래의 무덤》을 제치고 상을 탄다면 사람들이 엄청 욕을 해대겠군.'

욕심을 내려놓으니 도리어 모든 것이 훨씬 가벼워져서 스트레스 없이 재밌게 바쁜 일정을 소화할 수 있었다.

맨체스터 행사가 끝나고 사인회를 할 때 맨체스터 대학 학생 하나가 영국에서 출간된 내 번역본 모두를 들고 와서 사인을 요청했다. 심지어 서점에서는 팔지도 않는 강경애의 《지하촌》 번역본까지! 앞으로도 영원히 잊고 싶지 않은 순간이었다.

사진 찍히는 걸 극도로 싫어하는
정보라 작가님과 함께 부커상 시상식에서.

시상식은 매우 화려했다. 지난 2년간 온라인으로 할 수밖에 없었으니 이번엔 큰맘 먹고 성대하게 치르려는 듯했다. 자리가 하나 남아서 나는 런던에 사는 한국문학 번역가 동료이자 나와 정슬인 번역가와 함께 다음 해 방탄소년단의 회고록을 번역할 클레어 리처즈를 초대했고 우린 《저주토끼》 테이블로 지정된 자리에 앉았다.

가장 기억에 남는 것은 행사장에서 정보라 작가님과 나누었던 대화다. 작가님 머리 위 벽에는 '2022년 국제 부커상 시상식'이라는 홀로그램 '현수막'이 계속 투영되고 있었다.

"작가님, 제가 정말 사과드려야겠어요."

"아니, 왜요?"

"음, 그러니까… 제가 우리 인생을 망쳐놨다는 생각이 들어요. 열심히 작업하며 잘살고 계시는데 괜히 제가 나타나서 다 뒤집어놓은 게 아닌지…."

작가님은 사람 인생이 그렇게 쉽게 망쳐지진 않으니 걱정하지 않아도 된다며 안심시켰다. 작가님께 미안하기도 했지만 스스로 정체 모를 불안감을 느껴 한 말이었다. 나의 복잡한 마음을 제대로 꿰뚫고 가장 적당한 말로 다독여준 작가님 덕분에 당시의 크고 작은 삶의 모든 분열을 잘 극복하고 명징한 정신으로 헤쳐 나올 수 있었다.

다음 날 아침 한국 언론에서 우리의 부커상 수상이 '불발'되었다고 보도할 때, 작가님과 나는 런던 길거리 한복판에서 "우린 해방이다!"라고 외치며 손을 맞잡고 기쁘게 강강수월래 춤을 추었다.

예상하고 기대한 대로 수상자는 데이지였다. 나는 시상식 무대에서 사진을 찍고 내려오는 무대 앞 데이지에게 벌떡 달려가 큰 소리로 다시 한번 놀려댔다.

"I told you so!(내가 뭐랬어요!)"

데이지는 웃으며 답했다.

"You did! You're next!(다음은 네 차례야!)"

문학으로 먹고살 수 있어 통쾌합니다

홍진기 창조인상 수상 소감문

홍진기 창조인상 문화예술 부문을 수상하게 되어 크나큰 영광입니다. 먼저, 저를 선택해 주신 심사위원분들과 중앙화동재단 관계자분들께 깊은 감사의 마음을 표합니다.

저는 상을 굉장히 많이 타신 노준석 교수님과는 달라서 상을 못 타는 번역가로 우리 업계에서 유명합니다. 아시다시피 이번에 부커상도 타지 못했지요. 예전에 딱 한 번 번역상을 탄 적이 있는데 4등 상이었어요. 아니, 무슨 상이 4등까지 있나요? 올림픽만 봐도 상은 3등까지만 주잖아요? 그것도 저 혼자가 아닌 다른 번역가와의 공동 수상이었습니다.

물론 그 상을 공동 수상한 분은 너무나도 존경하는 정슬인 번역가님이라서 오히려 100퍼센트 좋은 기분으로, 정슬인 선생님과 나란히 무대에 섰던 일이 추억으로 남아 있습니다.

그리고 바로 그게 번역의 매력이 아닌가 해요. 다른 번역가들, 다른 문학인들과 더불어 문학으로 다져진 하나의 공동체에 속한다는 것. 혼자 작업한다 해도 번역가는 근본적으로 작가의 텍스트와 공동 작업을 해야 하므로 번역부터 출판까지 문학 공동체 속에서 작업하고 생활하는 특권을 누립니다. 그리고 아무리 문학하며 사는 생활이 힘들어도 멀리서 이 자리에 와주신 정보라 작가님 같은 작가들, 편집자들, 언론인들 그리고 학계에 계신 분들과 함께 글의 공동체에 속해 있다는 자부심 하나로 숱한 어려움을 이겨냈습니다. 고故 강수연 배우가 하신 말씀처럼 우리가 돈이 없지 가오가 없는 건 아니잖아요.

저는 창조인상 후보가 되었다는 소식을 접했을 때 너무나도 얼떨떨했고 무엇보다도 심사위원분들이 번역을 창조 행위로 봐주신 큰 의미를 마음속 깊이 받아들였습니다. 저만이 아니라 한국문학 번역가 모두에게 주시는 응원이라 생각하고 겸허한 마음으로 앞으로도 한국문학의 번역을 위해 열심히 힘쓰겠습니다.

마지막으로 이 자리에 와주신 부모님께 감사하다

는 말을 하고 싶습니다. 물론 문학으로 먹고살 수 있다는 사실을 부모님께 증명할 수 있어서 너무나도 통쾌하고요. 그럴 수 있다는 것을 믿진 않으셨어도 역설적으로 그렇게 사는 게 가능하도록 해주신 어머니와 아버지께 감사하다는 말만으론 너무 부족하군요. 어머니, 아버지, 감사합니다. 그리고 사랑합니다.

—2022. 6. 29.

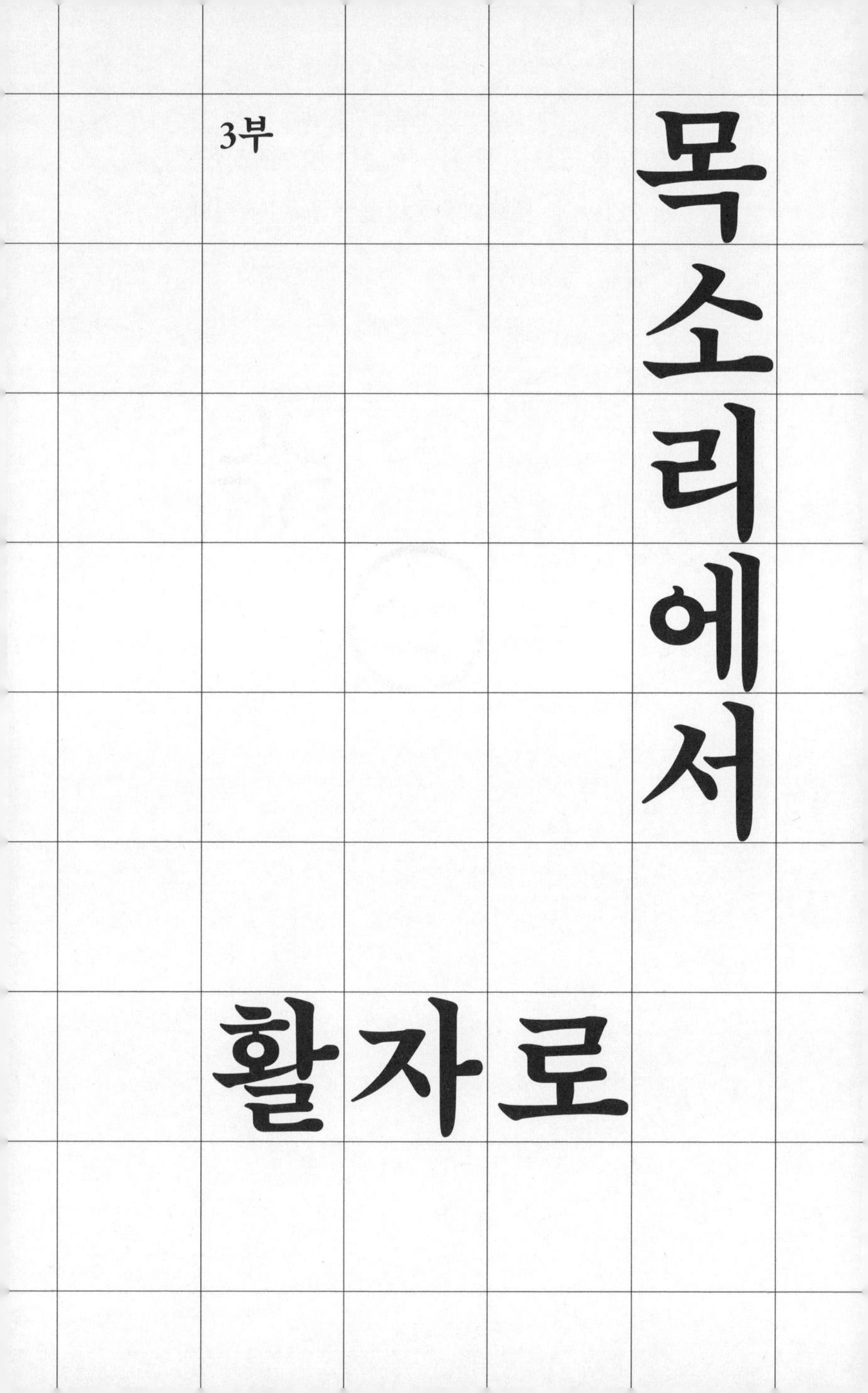

3부

목소리에서 활자로

지식의 저주

옥스퍼드대학교 강연

저는 기독교와 거리가 먼 사람이지만 어릴 적 성경을 읽어보긴 했는데 첫 장부터 의구심이 들었습니다. 아담과 이브를 타락시킨 에덴동산 금기의 나무가 '지식의 나무Tree of Knowledge'라뇨. 왜 하필 그런 이름일까요? 또 다른 장을 보면 요셉이 예수의 탄생 이전에 마리아를 '알지know' 못했다고 나오는데요, 자신이 결혼한 여자를 모른다는 남자가 좀 이상해 보이긴 했어도 나사렛 마을의 결혼 생활은 그러려니 하고 넘어갔어요. 일고여덟 살 때도 외국에서는 생활 방식이 그냥 좀 다르다는 것 정도는 알았으니까요.

당시 우리 가족은 에티오피아에 살았는데 에티오피아 화가들이 성경에 나오는 인물을 그릴 때면 유럽 화가들보다 피부 톤을 어둡게 묘사하는 것을 보았습니다. 아담과 이브의 경우 완전히 에티오피아인처럼 생겼어요.

어린 저는 솔직히 이것이 매우 합당한 이미지라고 생각했고 지금도 그 생각은 변함이 없습니다. 지구상에 에덴동산이 있다면 분명히 에티오피아에 있을 테니까요. 저는 어린 시절부터 아담과 이브는 아프리카인이고 에덴동산은 에티오피아에 있다고 떠들어대며 이 '지식'을 매우 자랑스러워했죠. 하지만 이건 매우 위험한 지식이었어요. 다른 아이들, 특히 기독교를 믿는 한국인 아이들은 성경 속 모든 사람이 백인이라고 우기지 않겠어요? 아마 이런 이유로 저는 기독교와 멀어졌지 싶어요.

다시 이브로 돌아가 보죠. 저 말고도 수많은 학자들이 '지식의 나무'에서의 지식을 육욕적 지식carnal knowledge, 즉 섹스로 읽었을 겁니다. 신약성서에서 요셉과 마리아 얘기가 나올 때 다시금 이 단어의 어원이 나타나는 것도 그런 이유겠죠. 물론 이브를 유혹하는 뱀이 하필 남성의 성기처럼 생겼으며 사과를 깨물 때의 갑작스런 단맛과 신맛이 오르가슴을 상징한다는 독해도 가능할 겁니다. 많은 학자들이 육욕적 지식은 이렇게나 모든 지식을 상징하는 것으로, 예를 들어 이 에덴이라는 사회적 거리 두기의 완벽한 실천 공간 밖 세상의 지식을 지칭하기도 한다고 설파할 것입니다. 저 말고도 수많은 독자들이 악마의 이름, 즉 루시퍼의 어원이 '빛' 혹은 '빛을 비추는'이란 뜻임을 알고 있을 거라 생각하는데요, 영어 단어 illuminate에는 '빛을 비추다'라는 뜻 외에도 '지식을 획득하다'라는 의미도 있습니다. 혹시 루시퍼가 이브를 위해 빛을 비춰주려 한 건 아닐까요?(제가 기독교와 거리가 멀다는 건 처음에 말씀드렸죠?)

하지만 이 다소 진부한 생각들을 넘어 제가 정말로 이상하게, 아니 재밌게도 생각하는 건 이브가 번역가라는 사실이죠. 물론 당시는 바벨탑 이전의 세상이니 모두가 같은 언어를 구사했겠지만 그렇다고 뱀이 인간의 언어로 말하진 않았을 것 같아요. 이브가 자신의 갈비뼈에서 만들어지기 전 아담이 동물들에게 이름을 붙여줬다는 사실 기억하시죠? 동물들이 먼저 자신의 이름을 말해 주길 기다린 게 아닙니다. 물론 아담도 여느 남성처럼 자기중심적으로 이름을 수여했을 수도 있겠죠. 그렇다면 최초의 남자다운 행위겠군요. 하지만 이건 아담이 동물의 언어를 알아듣지 못했음을 의미할 수도 있어요. 그런데 뱀의 갈라진 혀가 말 그대로 'bilingual'('이중 언어'를 뜻하는 이 영어 단어의 어원은 '두 개의 혀'로 직역할 수 있다)하지 않는 한 이브는 뱀의 말을 알아들었다고 볼 수 있죠. 킹제임스 번역본 성경에는 뱀이 'subtle'(당시 '교활한'이란 뜻으로 쓰였다)하다고 나와 있으니 뱀이야말로 이 세상에서 처음으로 이중 언어를 구사한 번역가일 수도 있겠네요.

하지만 저는 이브가 첫 번역가였다고 생각하고 싶어요. 그건 번역가들이 그다지 사탄스럽지 않은 듯해서이기도 하고, 더 큰 이유는 이브가 지식의 나무 번역 작업을 마감했을 때 일어난 일들 때문이기도 해요. 책은 펄프재로 만드는데 펄프는 나무에서 나오죠. 지식의 나무에 맺힌 열매가 곧 책이라고나 할까요? 다중 언어 구사자인 이브는 책을 골라 그걸 읽고, 그 책을 너무 좋아한 나머지 아담에게 추천했죠('별 다섯!'). 책을 읽어 눈을 뜬 그들은 스스로의 벌거벗음 혹은 무식함을 인식하고, 너무 창피한 나머지 패션이라는 것을 발명했어요.

이 과정은 책을 번역할 때의 과정과 흡사합니다. 처음으로 굉장한 책을 발견한 번역가는 너무 굉장한 나머지 다른 사람들도 읽게 하고 싶어 영미 판권을 획득하고 번역 출간을 추진하죠. 출판이 되는 순간 자신의 번역 실력이 만천하에 들통나는 것이 너무 창피합니다. 부끄러움을 빨리 잊으려고 가까운 아울렛에 가서 캐시미어 스웨터가 세일 중인지 열심히 살펴보죠.

이것은 세상의 모든 문학번역가들이 정말 한 명도 빠짐없이 하는 행위입니다. 이렇게 행동하지 않는다는 번역가들은 모두 거짓말쟁이랍니다. 5세기에 살았던 번역가이자 성직자 성 제롬 역시 캐시미어 스웨터 세일에 맞춰 마감을 해치웠을 거예요.

하지만 무엇보다도 이브가 '지식 획득' 후 창피함을 느꼈다는 사실로 인해 그녀를 번역가로 볼 수 있다고 생각합니다. 이브는 곧 '지식의 저주'라는 가장 인간적이라면 인간적인 고정관념에 시달렸던 거죠. 지식의 저주란 어떤 사물이나 대상에 대한 지식이 그 사물이나 대상에 대해 편견을 가지고 예측하게 한다는 것입니다. 예를 들어볼게요. 당신이 작가, 아니 번역가라고 합시다. 당신은 어떤 글을 번역했고, 꽤 괜찮게 작업했다고 생각하며 퇴고를 마쳤는데요, 편집자 혹은 지인에게 원고를 넘기는 순간 당신이 보지 못한 문법과 철자법 실수를 지적

당합니다. 이제 보니 굉장히 뻔한 오류들인데 어떻게 이걸 발견하지 못했을까요? 무슨 일이 벌어진 거죠? 바로 지식의 저주가 일어난 겁니다. 번역가로서 그 번역이 어떻게 읽혀야 하는지 너무나 잘 알았던 나머지 그런 확신으로 인해 번역 실수들에 눈을 가리고 말죠.

이런 일은 매우 자주 일어나는데 비유하자면 자신이 옷을 모두 벗고 있다는 사실을 남에게 지적받을 때까지 알지 못하는 것과 같습니다. 편집자들은 보통 원서를 읽지 않은, 인류가 타락하기 이전 상태에 있기 때문에 어색한 문구를 보면 원문과 대조해 보지 않고도 곧바로 오역이라는 것을 알아차리죠. 이런 일종의 '무지'는 편집자로서 중요한 덕목입니다. 번역과 퇴고 사이의 시간이 길어질수록 번역가도 어느 정도 지식의 저주에서 벗어날 수 있지만 대부분의 번역가는 그런 여유는 꿈도 꾸지 못하죠. 데드라인이라는 게 존재하니까요.

지식의 저주가 번역에 어떻게 적용되는지 보여주는 한 가지 경우가 더 있는데, 다소 정치적으로 민감한 문제이기도 합니다. 다른 곳에서도 언급한 사항으로서 제가 '완벽한 이중 언어 구사자 현상Perfect Bilingual Problem'이라고 부르는 것입니다. 이 이상야릇한 문제를 인식하기까지 제겐 오랜 시간이 걸렸습니다. 이 현상은 번역가가 출발어와 도착어 모두에 너무 능통한 나머지 본인의 번역 문체가 미학적으로 어색하다는 사실을 보지 못하는 것을 뜻합니다. 저도 제 자신의 번역을 퇴고하는 것을 꺼리는데 이것은 원서의 의미 하나하나를 상실하는 데 대한 두려움 때문입니다. 한국어로 그 의미들이 너무나도 명백히 읽히기 때문에 영어 번역에서 차마 뺄 수 없어서 어떻게든 포함시키려고 하죠.

그런데 어떤 텍스트든 번역을 할 때는 그 텍스트를 풀어헤치는 과정을 거쳐야 하며 이때 생성되는 초고는 매우 무겁고, 장황하고, 난해합니다. 표면적으로는 정확하지만 매우 읽기가 거북한, 대한민국 교수님들이 좋아하는 번역이죠. 모든 전문 문학번역가는 풀어헤친 번역을 다시 함축적 언어로 촘촘하게 짜 맞출 줄 알아야 합니다. 원서의 내용만이 아닌, 페이스까지 번역해야 하는 건 물론입니다. 이것이 꼭 많은 것을 삭제해야 한다는 의미는 아닙니다. 물론, 본문의 내용을 어느 정도 제외하는 건 불가피한 일이긴 해요. 다만 초고보다 적은 수의 언어로 같은 것을 말할 방법을 모색해야 합니다. 여기서부터 지식의 저주는 진정한 저주가 됩니다. 당신이 무엇을 버리려는지 아는데 그 앎이 매우 고통스러우니까요. 아이러니한 점은 당신이 번역을 못해서가 아니라 너무 잘해서 이런 고통을 느낀다는 겁니다.

전문 번역가들이 특히 지식의 저주에 시달리는 이유는 번역이라는 작업의 속성 때문만이 아니라 번역가 다수는 학창 시절 공부를 잘하는 축에 속했거나 다독자였기 때문이기도 합니다. 번역으로 먹고살 정도로 다중언어를 구사할 줄 아는 사람들이니 당연히 그랬겠지요. 이 정도 수준에 도달한 번역가는 원문의 뜻이 무엇인지 아주 잘, 아주 세세히 알고 어떻게 하면 오독이 될 수 있는지도 잘 파악하고 있죠.

무식하면 용감하다지만 유식하면 불안해집니다. 이건 또 다른 종류의 지식 관련 저주로서 책상 앞에 너무 오래 앉아 있는 분들에게 많이 나타나는 현상입니다. 가능할지도 모르는 오역들에 심리적으로 짓눌린 나머지 이들은 번역을 엉망으로 해버리죠.

그렇다면 번역가는 어떻게 해야 하나요? 다 때려치

우고 노자처럼 물소 등에 업혀 역사의 안개 속으로 사라져야 하나요? 노자 얘기가 나와서 말인데요, 제가 종교적 의미를 부여할 정도로 애지중지하는 《도덕경》에서 노자는 지식을 질병에 비유하며 '지식병'이라는 표현까지 씁니다. 이는 진정한 앎이란 자신의 무지를 인식하는 것이라는 뜻으로 그런 인식이 없는 자들, 자신의 무지를 애도할 줄 모르는 자들을 '병자'로 일컫는 말입니다. 이 '애도'라는 표현은 다시 언급되니 꼭 기억하세요.

저는 제 스스로가 얼마나 앎에 가까운지 알지 못합니다. 어떨 땐 내가 번역한 글을 보고 '우와, 난 천재일지도 몰라!' 하며 스스로 감탄하기도 하지만 그건 제가 워낙 글을 잘 쓰는 작가들을 다루는 덕분입니다. 그들의 천재성이 제 문체의 안개를 뚫고 독자를 비춰주니까요. 신경숙 작가의 글은 매우 열심히 망쳐야 겨우 망칠까 말까인데 전 너무 게을러서 무언가를 그렇게 열심히 망칠 자신이 없어요. 제 번역이 완벽하지 않다는 것을 인정하지만, 번역이 완전할 필요는 없다는 사실 또한 인정하는 경지에 다다랐습니다. 우리 작가님들만 완벽하시면 됐어요. 전 저의 최선을 다할 뿐이고, 이 최선이 무사히 번역될 것이라는 믿음이 있어요.

그게 바로 지식의 저주를 깨뜨리는 방법 아닐까요? 바로 지식을 더 얻는 것. 지식의 지속적 체득만이 머리 끝에서 척추를 지나 손발 끝까지 스스로의 무지를 느끼게 해주지 않겠어요? 배움은 스스로의 무지를 '애도'하게 해줍니다. 가장 멀리 여행해야만 에덴이라는 곳이 존재했다는 사실을 잊을 수 있습니다. 에덴, 지식이나 옷이 전혀 필요하지 않은, 그 인류 타락 이전의 세상. 따라서 그 어떤 번역도 완벽할 수 없고 그 어떤 번역가도 완벽할 수 없습니다. 당신이 아루나바 신하Arunava Sinha(인도 번역가)가 아닌 한 여러분 모두는 완벽하지 않습니다.

번역가는 영원한 학생입니다. 그리고 항상 대가master가 될 위험에 처해 있죠. 여러 언어를 구사할 줄 안다는 이유 하나만으로 번역가가 천재라고 생각하는 사람들이 이미 많습니다. 이건 번역가들 스스로가 생각하기엔 너무나 웃기는 발상이라 번역가들이 웃는 소리가 여기까지 들리는군요, 일단 우리 이미지가 그렇다는 것이지요.

이런 이미지를 열심히 해체해야 합니다. 박식한 대가가 되는 순간, 당신은 죽습니다. 차라리 민망함과 창피함 그리고 벌거벗었다는 사실을 처음으로 인식했을 때의 난감함을 선택하세요. 그런 느낌들은 좋은 징조입니다. 에덴동산이 있는 에티오피아에는 이런 속담이 있어요.

"부끄러움을 모르는 자는 명예도 모른다."

하지만 저는 왜 굳이 여러분에게 이런 얘기를 할까요? 당신이 전문 번역가라면 이미 항상 이렇게 배워왔을 테죠. 새로운 의뢰인이 나타나거나 번역 작업을 요청받을 때마다 먼저 그 내용을 배워야 번역에 임할 수 있으니까요. 번역가들은 교육을 너무 많이 받았다는overeducated 얘기를 자주 듣는데, 여러분의 커리어를 위해서라도 그러길 바랍니다.

물론 여기서 말하는 교육은 정식 교육을 뜻하는 건 아닙니다. 당연히 상당수 번역가들이 대학을 졸업한 사람들이긴 하지만…. 저 역시 학위가 무려 넷입니다. 아마도 세 번째 학사 학위를 받을 때부턴 학교를 과하게 다니지 않았나 하는 생각도 했어요. 하지만 세상에는 공부할 게 너무 많잖아요. 전공을 선택하기가 너무 힘들었고, 이중 전공을 고를 때도 안타까움과 아까움의 향연이 펼쳐졌어요. 방송통신대학교 전공을 고르는 것조차 너무 힘들었어요. 대학원 과정부터 본격적으로 전문성이 요구되는데 이는 스스로의 무지에 대한 인식과 앞으로 읽고 이해해야 할 텍스트의 엄청난 규모에 대한 인식과 더불어 나타납니다. 상당수 번역가들은 지식에 대한 욕심으로 박사과정 끝까지 전력질주하듯 달리는데 지식의 끝까지 갔더니 낭떠러지만 존재했다고 말합니다. 그래서 어쩌라고요? 그게 맞다는 것입니다. 그래야 해요. 낭떠러지를 받아들이세요. 그걸 인식하는 한 여러분은 제대로 번역, 배움, 삶에 임하고 있다는 사실을 알게 됩니다.

안타깝게도 많은 번역가들은 번역 이론이나 대학 과정에 대해 회의적인데 저는 이런 과정들을 추천하는 편입니다. 물론 대학에 가지 않아도 전문 번역가가 될 수 있지만, 정식 교육을 거치면 할 필요가 없는 괜한 '삽질'을 조금은 덜 수 있습니다. 여러분 중에서는 정식 교육 쪽이 자신이 처한 상황에 맞는 분이 있을 테고, 본인에게 필요한 지식을 다른 방식으로 얻는 분도 있겠죠. 어떤 길을 걷든 항상 학생의 마음가짐으로 나서길 빕니다.

그리고 잊지 마세요. 대학은 구성원을 학생과 교수

로 구분하지만 교수도 일종의 학생이라는 사실을 절대 간과해선 안 됩니다. 가르치는 행위야말로 학습의 한 형태가 아닐까요? 본인이 배운 것을 구사하거나 언어로 '번역'할 수 있어야만 자신이 진정으로 무엇을 배웠다고 말할 수 있으니까요. 이건 특히 번역가들에게 해당하는 얘기입니다. 번역가야말로 궁극의 학습자, 궁극의 독자라 할 수 있습니다. 왜냐하면 번역가는 자신이 배운 것을 자신의 언어로 구사하니까요. 번역가의 모든 지식과 무지는 번역에서 드러납니다.

스페인어와 포르투갈어를 영어로 옮긴 고인이 된 번역가 그레고리 라바사의 말을 인용하면, 번역가의 해석은 다른 독자들의 리딩과는 달리 머릿속에서만 맴돌지 않고 번역을 통해 세세한 뉘앙스 하나하나가 모두 보존됩니다. 물론 라바사 선생님은 이걸 번역가의 책임이라는 맥락에서 언급했죠. 번역가는 다른 독자들을 위해 되도록이면 가장 풍요로운 리딩을 제공해야 하는데, 이런 생각에 전적으로 동의하는 바입니다. 'Translation'이라는 단어의 어원은 라틴어의 'translat-'에서 비롯되는데, 이 단어는 '무엇을 나르다'라는 뜻입니다. 우리는 저강 너머로 의미를 날라야 하는데 한두 가지 의미만이 아닌 모든 의미를 날라야 하지 않을까요? 그게 우리 번역가의 일이 맞겠지요? 그게 가능하긴 할까요?

아닙니다. 가끔은 모든 것을 강(혹은 한영의 경우 바다) 너머 도착어의 땅까지 나를 수 없을 때가 있습니다. 어떤 건 출발어의 땅에 두고 가야 해요. 하지만 제가 전문 번역가로서의 비밀을 하나 말씀드릴게요. 가끔은 두고 간 것으로 인해 생긴 빈 공간이 그 공간을 채우는 것보다 더 흥미로울 때가 있어요. 이런 부재의 미학을 받아들이려면 아까 언급했던 믿음, 즉 원서의 빛이 나의 번역을 뚫을 것이라는 믿음을 의심해선 안 됩니다.

간단한 사례를 들려드릴게요. 제가 번역한 정보라의 《저주토끼》에는 〈안녕, 내 사랑〉이라는 단편이 있는데, 저는 일인칭 화자인 주인공이 남자라고 생각하며 번역했어요. 그런데 책을 편집하는 과정에서 담당 (미국인) 편집자가 제가 파일에 남긴 코멘트를 보고 "잠깐, 화자가 남성이에요? 여성 아닌가요?"라고 묻더라고요. 물론 원서나 번역 모두 화자의 성을 밝히지 않았어요. 저는 정보라 작가님께 문의했고 과연 화자가 여성이라는 답변이 돌아왔어요. 번역가의 의도와는 달리 화자의 성이 독자에게 고스란히 제대로 전달된 셈이죠. 이건 매우 사소한 예일 뿐 수많은 독자들이 귀신같이 텍스트에 드러나지 않은 정보를, 내가 번역하면서 나르지 않은 정보를 인식하더군요.

문학은 신비롭습니다.

번역을 할 때 제 영혼의 작은 파편이 번역에 실리게 되고, 독자는 그 파편에 반응하는 듯합니다. 제가 좋아하는 부분들을 좋아하고, 제가 의도했던 리딩을(정확히 말하면 제가 작가의 의도라고 생각하는 리딩을) 그대로 쫓아가는 독자들을 보면 번역가로서 말로 형언하기 힘든 뿌듯함을 느낍니다. 물론 독자들은 스스로의 희망, 불안, 편견을 이런 '부재'의 공간에 투여하기도 하지만 그것 또한 문학의 범주에 속하며 문학은 누군가 생각하듯 그렇게 나약하지는 않습니다. 훌륭한 문학은 깊은 독서와 번역을 통해 더 풍요로워지지 파괴되지는 않습니다. 번역가로서 자신이 나른 것이 충분할 것이라는 믿음을 가져야 합니다. 필수적인 것과 그렇지 않은 것을 구분해야 하고, 케이트 윈슬렛을 살리면서 레오나르도 디카프리오를 바닷속에 밀어 넣어야 합니다. 이때 레오나르도 디카프리오가 아니었다면 이야기가 83년의 세월을 건너지 못했을 것이라는 사실을 잊지 마시고요. 건너야 할 것들은 알게 모르게 건너게 되는데 여기에 대해서는 제가 더 설명해 드릴 수 없습니다. 어떤 것들은 영원히 우리 지식의 범주 밖에 있으니까요.

자, 요약하면 지식은 번역가에게 해로우며, 지식의 해를 최소화하려면 더 많은 지식을 체득해야 합니다. 왜냐하면 지식을 체득하다 보면 자신이 무지하다는 것을 깨닫는 경지에 이르기 때문이죠. 이때 따라오는 회의감과 불안이 좋은 징조인 이유는 무지의 인지는 여러분이 더욱 열심히 번역하게끔 독촉하고 배우는 자의 마음가짐을 유지하도록 돕기 때문입니다.

그렇다고 평생 불안감만 느껴야 한다는 말은 아닙니다. 본인이 항상 무지할 것이라는 사실, 항상 더 나은 번역을 추구해야 한다는 사실을 받아들이는 순간, 에덴동산 밖의 엄청난 세상이 여러분에게 열리거든요. 최초의 번역가인 이브에게도 책방에서 그 재밌는 책을 본 것을 후회하는 순간들이 오겠죠. 수많은 번역가들 역시 번역가가 된 것을 후회합니다. 저 역시 이런 후회를 자주 하지만 이조차 정상적인 번역가의 자세라고 받아들이며 살아갑니다. 왜냐하면 후회란 제 스스로가 얼마나 타락에 가까운지, 무지가 얼마나 가까운 곳에 있는지, 제가 스스로를 얼마나 모르는지 그리고 삶이란 얼마나 의미와 가능성으로 풍요로운지 상기시켜 주는 소중한 감정이니까요.

—2021. 5. 31.

작가 대 번역가

미들베리칼리지 브레드 로프 번역가 대회 강연

1.

제가 문학번역가라는 사실을 알게 되면 얼마나 많은 사람들이 "스스로의 글로 책을 써볼 생각은 하지 않으시나요?"라고 묻는지 믿기 어려울 정도입니다. 그래서 스스로의 글로 책을 썼어요. 그 책이 2023년에 나옵니다.

다시 질문으로 돌아가 보죠. 번역가로서 저는 이런 권유를 상당히 불쾌하게 느낍니다. 그 본심을 이해하기 때문입니다. 그런 말의 기저에는 "번역은 열등한 예술이다, 창작에 못 미치는, 예술이라기보다 기술이다, 차라리 '스스로의 글'을 쓰는 게 나을 텐데…" 하는 생각이 깔려 있습니다.

그들이 진정 묻고 싶은 말은 다음과 같을 것입니다.

"왜 언어의 주인이 될 수 있는데 하인이 되었죠? 왜

모세가 될 수 있는데 아론이 되었죠? 아니 왜 하느님이 될 수 있는데 모세가 된 것이죠?”

번역가들은 출판계의 서열에서 아주아주 하위 부문에 속하는데 이는 번역가들의 노동에 대한 금전적 대우에서 가장 극명하게 드러납니다. 오늘날에도 번역가들은 표지에 번역가의 이름이 표시될 권리 번역에 합당한 비용과 선인세를 청구할 권리 그리고 로열티를 1퍼센트라도 청구할 권리를 위해 투쟁 중입니다. 한국에서는 번역서 표지에 반드시 번역가 이름을 기재하기 때문에 이른바 ‘선진국’ 계열에 속하는 미국과 영국에서 2022년이 되도록 이 당연한 권리를 위해 투쟁한다는 사실을 매우 의아하게 여깁니다.

번역가 이름을 표지에 기재해 달라는 요구 사항은 허영심 그 이상의 의미를 갖습니다(물론 저야 허영심이 굉장히 많은 사람이지만). 이 문제는 번역가들이 창작을 하는 창조적 직종에 종사하고 있다는 사실 그리고 번역을 단순히 거창한 서류 작업이 아닌 하나의 예술로 인정받으려는 의도를 반영합니다.

번역가들은 항상 번역을 통해 무언가를 잃어버린다

는 말을 듣습니다. 2022년 부커상 국제 부문을 수상한 데이지 록웰이 해준 말이 생각납니다.

"왜 자꾸 번역에서 잃어버린 무언가에 집착하지? 번역에서 찾은 걸 생각해 보라고! 이 두꺼운 책 전체가 번역에서 찾은 거잖아!"

데이지 말이 맞습니다.

한국의 저작권자들인 출판사들도 문제입니다. 제 번역에 대한 저작권을 갖겠다고 하면 출판사들이 반대하는 경우가 많습니다. 번역가가 번역 저작권을 갖는 것이 왜 문제가 될까요? 작가들은 본인의 창작물에 대한 저작권을 보유하지 않습니까? 왜 책을 쓰는 것은 노동이 되고 번역하는 것은 노동이 되어서는 안 되나요? 왜 남들처럼 저작권을 라이선싱해선 안 되고 내놓아야 합니까? 전 당신의 직원이 아닙니다. 계약서에서 당신 회사가 4대 보험에 가입해 준다는 말은 보지 못했습니다.

이쯤 해서 '번역가의 이름을 표지에 기재하기 운동Translators' Names on the Cover Movement' 얘기를 안 할 수 없습니다. 누군가 트위터에서 이런 움직임에 대해 반문하더군요.

"번역가 이름을 표지에 기재한다면 왜 조판하는 사

람 이름은 안 넣는 거지?"

전 이렇게 답합니다.

"이런 머저리 같으니라고. 우리가 책을 읽는 게 그 책 조판 상태를 보려는 게 아니잖아? 폰트가 좋아서 책을 읽는다면 넌 정말 이상한 사람이야."

우리는 번역서를 읽을 때 그 책의 문학성을 음미하기 위해 읽습니다. 그리고 문학성을 음미한다는 것은 그 책을 쓴 작가와 번역가의 노고에 집중한다는 얘기입니다.

그러니 말도 안 되는 얘기는 이제 그만. 번역은 진정한 노동이며 거기에 걸맞은 대우를 받아야 하고, 그러려면 다양한 접근 방식이 필요합니다. 우리 이름을 표지에 기재하기, 더 합리적인 번역비와 로열티 그리고 저작권에 대한 인정. 우선 이 세 가지에서 시작해 봅시다.

2.

방금 말씀드린 내용은 2023년 출판되는 제 문학번역 관련 저서에 포함되어 있습니다. 한국 출판사가 의뢰한 책인데 저로서는 매우 신선하고 신기한 경험이었습니다. 이미 여러 번 언급한 내용입니다만 그 어떤 출판사도 제게 번역하라고 책을 주지 않습니다. 특정 책의 번역가가 되기 위해 저는 항상 싸워야 합니다. 작가에게 호소하고, 한국 출판사들에게 호소하고, 번역 지원 기관에 호소하고… 그런 다음 영미권 출판사들, 영미권 인플루언서들 그리고 영미권 독자들에게 호소해야 합니다. 이처럼 문학번역가의 일은 8할이 호소입니다.

이렇게 넘어야 할 산이 많은데 제가 책을 한 권이라도 출판했다는 사실이 기적일 따름입니다. 이 치열한 과정을 통과해야만 제겐 책을 번역할 기회가 생기기 때문이죠. 출판사들이 저에게 먼저 접근한 건 아주 최근의 일입니다.

이 책이 바로 그런 경우라고 할 수 있습니다. 그것도 번역서가 아니라 제가 직접(헉!) 써야 하는 책이라뇨! 한국의 어느 출판사 편집자는 제가 사는 송도라는 섬까지 와서 제가 쓰게 될 이 가상의 책 이야기를 했습니다. 그 분은 아주 깊거나 거창한 얘기를 할 필요는 없고, 단지 한국문학 번역가로서의 소소한 생활을 전하되, 자연스러운 모습을 자연스럽게 표현하면 된다고 거듭 강조했습니다.

다행이었죠. 저는 깊거나 거창한 얘기는 전혀 할 줄 모르는 사람이니까요. 문제는 이 소소한 생활이나 자연스러운 모습이었습니다. 저는 일반 대중이 생각하는 '자연스러운 번역가'라는 현실과는 아주 다른 사람이니 걱정이 되었습니다.

예를 들어보겠습니다. 모든 부커상 국제 부문 최종 후보에게는 일단 상금 2,500파운드를 줍니다. 예전의 1,000파운드에서 많이 오른 액수죠. "어라, 수상을 못 해도 장려금을 받으니 괜찮네?"라고 생각할 수 있지만, 최종 후보가 되는 순간부터 해야 하는 모든 홍보 관련 활동을 생각하면 오히려 부족하다는 생각이 들 정도입니다. 이런 활동들에는 언론 인터뷰, 대중 행사, 이곳저곳에서 활용할 비디오 녹화 등이 포함됩니다. 재밌기도 하지만 피곤한 일이고 생각보다 많은 시간을 할애해야 하기 때문에 최종 후보들에게도 상금을 주는 이유를 이해하게 됩니다. 얼마나 지치게 만드는 여정이었으면 정보라 작가님과 제가 수상이 불발되었을 때 런던 길거리에서 "우린 해방이다!"라고 외치며 손을 잡고 춤을 추었겠습니까.

물론 수상을 하는 게 더 좋았겠죠! 당연히 그랬을 겁니다. 하지만 이 모든 과정에 너무나도 많은 에너지를 소모해야 했기에 일정이 모두 끝났을 때 작가님과 저는 아쉬움보다 기쁨이 더 컸습니다.

부커상을 위한 홍보 활동 중 다양한 해프닝이 벌어졌습니다. 한국의 어느 신문사에서 인터뷰를 하고 사진을 찍는데 사진사는 작가님과 저를 서로의 모공을 셀 수 있을 정도로 가까이 세우고는 자꾸 "자연스럽게! 자연스럽게!"를 외쳤습니다. 저는 작가님에게만 들리게끔 조그만 목소리로 말했습니다.

"이게 어떻게 자연스럽죠? 전 배우자의 얼굴도 이렇게 가까이에서 본 적이 없어요."

또 다른 인터뷰에서는 내가 걷는 모습을 찍겠다고 해서 홍대 앞 어느 주차장을 〈도전! 슈퍼모델〉의 사진발 안 좋은 모델처럼 몇 차례 왔다 갔다 했습니다. 사진기자는 자꾸만 "몸 풀고! 릴랙스! 자연스럽게!"라고 외쳤는데 얼마나 부자연스러워 보이면 그랬을까요.

부커상 시상식 포토월에서. 후보에 오른 이후
모든 사진사들이 나에게 '자연스러운 자세'를 요구했다.

시상식을 위한 비디오 촬영에서는 영상 인터뷰를 찍었는데 촬영팀은 송도까지 와서 저를 의자에 앉힌 후 의자 등받이에 등이 닿지 않도록 곧은 자세를 유지하라고 요청했습니다. 군대에서 척추뼈 두 개와 양발 뒤꿈치를 다친 저는 곧은 자세는커녕 전신마비가 아닌 것이 기적인 사람입니다. 인터뷰를 하던 중 "자세가 흐트러졌으니 조금만 더 곧게, 조금만 더 자연스럽게 앉을 순 없냐"고 민망할 정도로 미안해하며 부탁하는데 그때 깨달았습니다. 사진작가들의 '자연스럽게' 있어 달라는 말은 마음대로 자연스럽게 있으라는 얘기가 아니라 자신들이 보기에 자연스러운 자세를 해달라는 뜻이었습니다.

그보다도 언론에서 하는 질문들이 더 가관이었습니다. 문학번역에 대한 언론의 담론은 2016년 한강 작가와 데보라 스미스 번역가가 부커상을 받은 후로도 그닥 발전하지 않은 듯합니다. 그들은 자꾸 '번역이 불가능한 단어'에 대해 질문했습니다.

"번역할 수 없는 한국 단어엔 어떤 게 있나요?"

물론 '번역할 수 없는 영어 단어'에 대해서는 절대

묻지 않습니다. 한국어는 너무나도 특별하고 대단한 반면 영어는 천하고, '노르스름하다'와 '누르스름하다'의 뉘앙스 차이도 표현 못 하는 열등한 언어니까요. 적어도 한국 사람들에게는 말입니다.('노르스름하다'와 '누르스름하다'의 뉘앙스 차이를 아는 한국 사람은 아마도 극소수일 겁니다. 방송국 공채 아나운서 정도가 아니면 실생활에서 올바른 한국어를 구사하는 한국인이 거의 없듯이.)

'번역할 수 없는 단어'에 관한 질문은 국수주의적 질문보다 더 불쾌했지만 저는 기자들에게 "당신이 보도할 수 없는 일은 뭐죠? 기사를 쓸 수 없는 사건은 뭐죠?"라고 마구 되묻지 않았습니다. 그런데도 기자들은 묻기를 멈추지 않습니다. 한국 사회가 번역가에 대해 가지는 근본적 불신을 그대로 드러내는 행태죠.

그 밖에도 수많은 예가 존재하지만 일단 번역가로서 제가 받는 질문과 의심으로 미루어 일반인들이 '자연스러운 번역가'의 모습을 어떻게 인식하는지 대략 감이 옵니다. 번역가는 겸손해야 한다, 주제 파악을 해야 한다, 스스로를 지워야 한다, 에이전트, 마케터, 매니저의 일도 공짜로 도맡아야 한다, 돈은 작가보다 덜 받거나 아예 받지 말아야 한다, 가난해야 한다, 구멍 속으로 기어들어 가 번역이나 하고 닥쳐야 한다.

적어도 유색인종 번역가는 이런 운명을 강요받습니다. 2009년 한국문학번역원 아카데미에서 저를 수험생으로 받아들였을 때 저를 비롯한 한국인 수험생들에게는 외국인 수험생들에게 주는 생활 장학금을 지급하지 않았습니다. 외국인 학생들의 들러리, 공동 번역가, 언어 하수인쯤으로 주제 파악을 하라는 뜻이고, '진짜' 번역가는 미국인이나 영국인 몫이라는 의미였다고 해석합니다.

흥미로운 점은, 당시 내외국인 여부를 떠나 실질적으로 한국문학 번역가가 된 사람은 제 동기들을 통틀어 제가 유일하다는 사실입니다. 저는 한 명에게만 주는 최우수 번역가상도 받지 못했고(그 수상자는 당연히 번역가가 되지 않았습니다), 한국문학번역원에서는 그 어떤 상도 받은 적이 없습니다. 무엇보다도, 저와 데뷔 시기가 거의 비슷한 백인 미국인 번역가와는 달리 한국문학번역원에서 저를 해외 출판사에 번역가로 추천해 준 적이 단 한 번도 없습니다.

그래서 올해 부커상 더블 롱리스팅이 되었던 밤, 한국문학번역원 이메일 주소로 축하해 달라는 단체 메일을 보냈습니다. 그 기분이 어땠는지 아세요?

'It felt fucking great.'

저는 시골에서 올라와 백인들을 돕지 못해 안달하는 '겸손한' 아시아인이 아닙니다. 특정 권력자들은 제가 그러길 바라지만 저는 그런 포지셔닝을 거부합니다. 겸손을 거부합니다. 지구상에서 제일 겸손하지 않은 사람이 되겠습니다. 물론 제가 번역하는 작가들 모두를 사랑하고, 그 어떤 일도 기꺼이 해드립니다만 그들도, 한국 사회도 그리고 여기 계신 번역가분들 모두 번역가에 대한 혹은 자기 자신에 대한 불신을 버려야 합니다. 저는 어떤 '근본적 한국스러움'이 존재한다는 것을 믿지 않고, 그런 것이 존재한다고 믿는 국수주의자들의 말과 의견은 더더욱 신뢰하지 않습니다. 그런 사람들이 책을 사서 읽는 것도 아닌데 왜 그들의 말에 신경 써야 하나요? 또한 저는 번역가로서 구석에 처박혀 닥치고 있지만은 않을 겁니다.

이런 모습이야말로 저의 번역가로서의 '자연스러운' 모습입니다.

3.

왜 번역가는 겸손해야만 하죠? 조금은 뻔뻔스러워도 되지 않을까요? 혹은 작가처럼 뻔뻔스러워지면 안 될까요? 저는 번역가로서 항상 뻔뻔스럽게 행동해 왔습니다. 수많은 늙은 백인 영국 번역가들이 '주제 파악'을 하고 스스로를 낮추라는 말을 아무리 해도 아랑곳하지 않았습니다. 왜냐하면 제가 있어야 할 적정 고도, 저의 '자연스러운' 비행 고도가 바로 이곳이니까요.

강연 첫머리에서 언급한 질문을 기억하시죠?

"스스로의 글로 책을 써볼 생각은 하지 않으시나요?"

저는 '스스로의 글'을 쓰는 번역가로서, 번역과 글쓰기의 차이점보다 공통점에 더 관심이 갑니다. 두 행위의 상호작용에 대해 말하기 위해 제 개인적 경험을 말씀드리겠습니다.

저는 장편소설을 쓴 적이 있습니다. 이 책은 2023년 한국에서 나올 에세이집이 아니라 영어로 쓴 영문학 장편소설입니다.

지금으로부터 10년 전 배우자가 될 사람과 처음 만났을 무렵, 샤워를 하다가 재밌는 생각을 떠올렸습니다. 만약 나노봇이 인간의 세포를 서서히 하나씩 교체할 수 있다면? 이론적으로는 인식의 전송 문제를 해결할 수 있을 겁니다. 인식을 업로드하거나 다운로드할 필요가 없어지니까요.

인식 그 자체가 창발적이며 수행적이라는 전제하에 수행적으로 '나'가 되는 나노 뇌를 만들 수 있지 않을까…? 그런데 뇌에서 멈출 필요가 있을까? 온몸을 나노 세포로 교체하면 어떨까? 그러면 암도 치료할 수 있겠지.

샴푸를 헹구면서 생각을 진전시켜 보았습니다. 이런 치료법으로 암 문제가 해결된다 해도 환자에게 큰 부작용이 나타나겠죠. 바로 불멸이라는 부작용. 환자는 결국 병으로도, 노환으로도 죽지 못하게 됩니다. 그러면 그게 과연 부작용일까요?

이때 머릿속에 추상적 개념이 아닌 생생한 장면이 펼쳐졌습니다. 미래의 어느 남성이 옛일을 회상하는데 과거의 그는 햇살 아래 친구를 따라 달리는 중입니다. 이후 친구는 어른이 되기 전에 죽었지만 나노 치료법으로 치료받은 주인공은 불멸을 얻고, 자꾸만 가물가물해지는 친구에 대한 기억을 지키려고 애씁니다. 왜냐하면 그 기억은 바로 자신에게 있어 가장 진실된, 의미 있는 일부니까요.

저는 곧바로 자리에 앉아 단 한 시간 만에 이 이야기를 단편으로 썼고 당시 애인이던 지금의 배우자에게 보여주었습니다. 애인은 마음에 들지 않는 듯했습니다. 물론 대놓고 말하진 않았지만 충분히 감지할 수 있었습니다.

"이게 뭘 의미하지?" "이 부분에선 무슨 일이 벌어지는 거지?" "저 말은 무슨 뜻이지?"

여백에 남겨진 수많은 질문들을 보며 저는 이 모든 물음에 단편 하나로 답할 자신이 없다고 생각했습니다. 장편소설이면 몰라도…. 하지만 당시로서는 도저히 장편소설을 쓸 시간이 없어서 일단 서랍에 두고 잠시 잊어버렸습니다.

몇 년 후 베스트셀러 작가 리 차일드가 잭 리처 시리

즈 창작 과정에 대해 쓴 기사를 읽었습니다. 리 차일드는 소설을 쓸 때 첫 문장부터 끝 문장까지 독자가 읽는 순서대로 글을 씁니다. 결말이 대략 어떤 내용인지는 어렴풋이 알고 있을지 모르지만 개요도 짜지 않습니다. 과연 데드라인 안에 책을 송고할 수 있을지가 매번 고민인데 아직까지는 한 번도 데드라인을 놓친 적이 없다고 했습니다.

그 이유는 독자의 위치에서 스토리 전개를 확인하고, 모든 상황의 반전과 감정 변화를 독자와 똑같은 타이밍에 느끼기 위해서입니다. 따라서 초고를 끝낸 후에도 힘겨운 편집 단계를 거쳐야 하지만 그래도 이렇게 써야만 소설의 '뛰는 심장'을 느낄 수 있다는 말이었습니다.

바로 이 부분이 저를 놀라게 했습니다.

'아니 이건… 내가 번역하는 순서와 같잖아. 그 이유마저 똑같다니!'

의외로 많은 번역가들이 번역 시작 전 책을 끝까지 읽지 않는다고 들었습니다. 물론 내용 파악을 위해 아주 대충 읽으며 출판사와 어떻게 계약을 성사시킬지 궁리할 수도 있지만, 최대한 '처음 읽는 느낌'을 보존하려고 애를 씁니다. 이런 느낌이 조금이라도 있어야 다음 문장을 번역하고, 또 그다음 문장을 번역할 맛이 생기니까요. 즉 리 차일드가 번역가처럼 글을 쓴다는 얘깁니다. 바로 저처럼!

그래서 저도 그렇게 썼습니다. 첫 문장을 한참 고민하고 써냈더니 나머지 이야기가 술술 풀리기 시작했습니다.

저는 번역가로서 의식보다 무의식에 더 의존합니다. 번역을 할 때 매우 조용한 곳에서 한국어 원서를 읽고 무의식이 그것을 영어로 번역할 때까지 기다립니다. 무의식에서 솟아오르는 영어를 받아 적는다고 보면 됩니다. 물론 문법이나 톤이나 암시를 나타내는 표현 등 의식적으로 해법을 모색하고 결정을 내려야 하는 과정들도 있습니다. 하지만 그것은 '뛰는 심장'을 가진 초고를 완성한 다음 순서입니다. 과연 이와 똑같은 방법으로 소설을 쓸 수 있을까요?

서울의 지하철을 타고 새 로이텀 노트를 펼친 채 소설의 언어가 저에게 찾아오길 기다렸습니다. 아랍어 번역가 사바드 후세인Sawad Hussain은 펜과 종이로 번역을 하는데 아날로그의 장점은 뇌의 사고 과정을 늦춰주면서 한순간이라도 생각을 더 많이 하도록 해준다는 것입니다. 그리고 글을 쓴다는 물리적 행위 자체가 창작을 방해하는 의식적 생각들을 와해해 주는 효과도 있어서 마음 편히 글을 쓸 수 있었습니다.

그렇게 첫 문장을 받아썼습니다.

"내 흉터가 돌아왔다."

그걸 받아썼습니다.

다음 문장이 찾아왔습니다.

"돌아오지 말았어야 했다."

문장은 또 오고, 또다시 왔습니다.

이내 제가 쓰고 있는 소설이 예전에 샤워를 하면서 생각했던 이야기의 장편임을 깨달았습니다. 정말 놀라운 경험이었습니다. 문장이 줄줄이 써지기 시작했습니다. 저는 단지 조용하게, 최대한 무심하게 받아서 적기만 하면 됐습니다. 생산되는 언어를 편집하려 하거나 다른 감정을 이입하려고 할 때마다 문장들은 놀란 해저 생물처럼 무의식의 심해 속으로 쑥 빠져나가고 말았습니다. 그래서 조용히, 무의식이 심해에서 다시 나올 수 있도록 머릿속을 잠잠하게 만듭니다.

물론 이 방법을 발명한 사람은 저도, 리 차일드도 아닙니다. 노르웨이 작가 욘 포세도 자신의 언어가 자신의 내부가 아니라 외계인의 교신처럼 자신의 바깥에서 오는 듯하다고 말합니다. 버지니아 울프의 〈여성의 전문직〉이라는 에세이도, 시애틀 서브루너리 출판사에서 출판될 예정으로 제가 지금 번역 중인 이성복 시인의 《무한화서》라는 시론집도 이 방법을 묘사합니다.

울프는 에세이에서 호수 앞에 가만히 앉아 있다 보면 물속 물고기들이 헤엄치는 것이 보이기 시작한다며 이를 창작에 비유합니다. 즉 조용히 문장이 나타나기를 기다리다 보면 문장들이 들려온다는 의미입니다.

이성복 시인은 문장에 입과 꼬리가 있다면서 뒤 문장이 앞 문장의 꼬리를 물고 있어서 첫 문장을 살살 빼기 시작하면 그 뒤 문장들이 줄줄이 따라 나온다고 말합니다. 작가는 그저 좋은 비서처럼 조용히 받아 적기만 하면 됩니다. 유능한 비서는 상사의 뒤죽박죽인 생각과 일정을 잘 정리할 줄 알고, 상사가 일할 수 있는 최고의 여건을 만들어줍니다. 이때 문학도로서의 능력과 교육이 중요해집니다. 가장 중요한 기술은 그래도 받아쓰기지만….

이러한 창작의 고전적 개념화를 보여주는 가장 좋은 예는 아마도 테리 프래쳇의 소설 《외국으로 간 마녀 Witches Abroad》 서문일 것입니다. 여기서 프래쳇은 이야기의 원시적 형태에 대해 말합니다. 이야기란 날아다니는 불멸의 기생충이어서 지나가는 이야기꾼 아무에게나 달라붙어 자신을 번식시키려 합니다. 즉 이야기꾼이 가만 있어도 이야기 기생충이 알아서 기생을 시작한다는 것이죠.

번역에도 창작에도 여러 가지 방법이 있지만 개인적으로는 번역과 창작의 이분법을 허무는 이 방법이 가장 마음에 듭니다.

소설의 결말이 어떻게 될지 모르는 상태에서, 하지만 줄줄이 나오고 있는 문장을 매우 신기해하면서 써나갔더니 어느새 장편 분량이 되었습니다. 쓰다 보면 어느 순간 갑자기 결말이 보이기도 했습니다. 결국 이 이야기는 제 배우자에 대한 것이었습니다. 등장인물 가운데 그를 본뜬 인물이 나오기도 합니다. 아무튼 이 이야기가 장편소설로서 존재하게 된 건 제 배우자 덕분입니다.

이 소설로 저는 에이전트의 러브콜을 받았고 부커상 시상식 전날 에이전시와 전속 계약을 체결했습니다. 이번 여름이 끝나면 출판사와 발간에 관해 구체적으로 논의할 예정입니다.

참, 제 에이전트는 공교롭게도 테리 프래쳇의 에이전트이기도 합니다.

4.

어떻게든 이 강연을 끝맺어야 하니 한 가지 창작 요법을 더 가르쳐드리겠습니다. 글을 어떻게 끝내야 할지 고민이 되면 글의 첫머리로 돌아가는 것을 권고합니다. 저도 처음에 언급한 그 질문, 번역가로서 지겹도록 듣는 살짝 모욕적인 질문으로 돌아가겠습니다.

"스스로의 글로 책을 써볼 생각은 하지 않으시나요?"

저로선 번역과 창작의 차이가 얼마나 유의미한지 모르겠습니다. 배우 다니엘 K. 이삭이 내레이터로《대도시의 사랑법》번역본 오디오북을 읽는 것을 들으며 저는 다음에 올 문장 하나하나를 모두 예측하고, 하나하나의 문장을 번역했을 때 어떤 생각과 느낌이 들었는지 떠올릴 정도로 텍스트를 잘 기억합니다. 힐러리 한 같은 바이올리니스트가 자신이 녹음한 CD를 듣고 자신이 연주자라는 사실을 모를 리 없겠죠. 그러니 저도 당연히 제가 번역한 작품은 제 작품이라고 생각합니다. 전 힐러리 한이니까요. 그리고 테리 프래쳇의 말이 맞다면 작가들도 어차피 창작을 하는 게 아니라 하늘을 나는 이야기 기생충들의 말을 번역만 하고 있으니까요. 번역가는 작가가 아닙니다. 오히려 작가가 번역가입니다.

그래서 제 강연을 다음 질문으로 끝내려 합니다.

"스스로의 글로 책을 번역해 볼 생각은 하지 않으시나요?"

—2022. 6. 14.

주제 파악하기를 사양합니다

프린스턴대학교 강연

혼포드 스타라는 이름을 들어본 적 있으시죠? 혼포드 스타 출판사는 영국의 아시아 번역문학 전문 출판사로 배명훈의 《타워》(영역본은 류승경, *Tower*), 최진영의 《해가 지는 곳으로》(영역본은 소제, *To the Warm Horizon*)의 번역서를 낸 곳으로 유명합니다. 저는 혼포드 스타에서 무려 세 권이나 번역 출간했을 뿐만 아니라 제가 번역한 책이 혼포드 사상 처음으로 펜번역상PEN Translates 및 PEN/Heim 지원 도서에 선정되고, 최초로 부커상 후보작 배출이라는 영광을 출판사에 안겨주기도 했어요. 그래서 그분들이 저를 약간은 좋아하지 않을까 생각했습니다. 대체 어느 정도로 좋아하는지는 다음 사건 때문에 뒤늦게 알게 되었어요.

저는 제목 짓는 데는 젬병입니다. 그래서 항상 다른 사람들이 추천하는 제목을 받아들였죠. 신경숙 작가의 미국 에이전트인 바바라 지트워가 《리진》 번역본에 'The Court Dancer'라는 제목을 지어주었고, 혼포드 스타의 앤서니 버드와 테일러 브래들리가 강경애 작가의 단편 선집 《지하촌》에 'The Underground Village'라는 제목을 달았으며, 박상영 작가의 《대도시의 사랑법》 영역본 제목 'Love in the Big City'는 제가 지은 제목이긴 하지만 미국의 그로브 애틀랜틱 출판사 편집장인 피터 블랙스톡Peter Blackstock이 선택한 것이었습니다. 본래 제가 원한 제목은 'Late Rainy Season Vacation'이었습니다. '늦은 우기의 바캉스'라는 장의 배경이 방콕이고 저는 (서울에는 미안하지만) 방콕을 서울보다 훨씬 더 사랑하거든요. 제 의견은 끝내 밀려났고 그 후 《대도시의 사랑법》 영역본은 폭발적 인기를 끌었으니 이제 와서 당시의 결정에 이의를 제기하긴 더 어렵게 되었습니다.

자, 다시 혼포드 스타로 돌아가 봅시다. 정보라의 SF 소설집 《저주토끼》 영역본 마무리 작업이 한창일 때였어요. 거의 마지막 편집 단계에서 앤서니와 테일러가 단편 제목 가운데 하나인 'The Embodiment'가 적절한지 문의했어요. 이 단편의 한국어 제목은 '몸하다'로 '생리하다'를 뜻하는 순우리말이었죠. 한국어 사용자들도 잘 사용하지 않는 말이었기에 작가는 한국어 원서의 장 첫머리에서 '몸하다'란 단어의 정의를 설명합니다. 한국어로 '몸'은 body를 뜻하고 '하다'는 동사화하는 조사이기 때문에 '몸하다'를 영어로 옮기면 'To Body'가 됩니다.

문제는 'body'는 동사화하면 이미 다른 의미가 되어 생리와는 거리가 멀어진다는 데 있었죠. 그럼 번역가로서 어떻게 해야 할까요? 여러 제목을 생각해 보고 일단 임시로 'The Embodiment'라고 제목을 정했습니다만 절대 최종작으로 생각하진 않았습니다. 앤서니와 테일러에게 이 모든 정황을 설명했을 때 제 말이 이상하게 왜곡되었나 봅니다.

"조심해! 안톤은 이 제목에 매우 민감하니까 그냥 안톤 말대로 하자고!"

저는 단순히 어떻게 'The Embodiment'라는 제목을 생각하게 되었는지 설명했을 뿐이었거든요. 이미 원고 수정이 불가능한 단계에서 오해가 있었다는 사실을 깨달았습니다. 그리하여 오늘날 〈몸하다〉의 제목은 'The Embodiment'로 굳어졌습니다.

제가 이 사소한 일화를 언급하는 것은 이런 일이 출판 번역계에서는 흔치 않기 때문입니다. 물론 제 경우 편집자 복이 워낙 많아서 그나마 덜했지만 영미권 출판계에서는 번역가를 신뢰하지 않는 문화가 있는 듯합니다.

혼포드 스타는 제가 전설의 디바 마리아 칼라스라도 되는 줄 압니다.

"안톤을 울리지 않도록 조심해!"

몇 년 동안 의견을 내면 무시만 당하다가 이렇게 존경받고 대우받다니. 혼포드 스타여, 영원하라.

자, 이제 실명을 밝힐 수 없는 부분을 얘기할 차례입니다.

제가 이 강연의 주제를 이렇게 정한 건 곧 출판될 책을 작업하는 동안 겪었던 일 때문입니다. 제가 여러 번 번역한, 함께 큰 성공을 거둔, 세계관을 공유하게 된 그리고 제 번역 일의 중추를 이루는 작가의 작품이었습니다. 이 사건은 이상하게도 본 편집 과정도 아니고 가장 마지막에 하는 카피 에디팅 과정에서 일어났습니다. 이것은 번역가가 개입할 수 있는 가장 마지막 단계로 보통 번역문학에서는 그 책의 담당 편집자와 번역가가 이미 모든 의견 충돌과 의문 사항을 해소한 후에 이루어집니다. 제가 담당 편집자와 카피 에디터를 구분하는 이유는 카피 에디터는 편집 과정에서 필수적이긴 해도 내용상 딱히 중요한 플레이어가 아니기 때문입니다. 카피 에디터는 원고에 출판사의 '하우스스타일'을 적용하고 오타가 있는지, 문장의 흐름에 논리적인 오류가 있는지를 확인합니다. 카피 에디팅은 절대적으로 중요하며 카피 에디터 없는 출판은 상상할 수 없습니다. 그렇지만 카피 에디터는 편집자도 아니고 번역가도 아닙니다. 그런데 이 마지막 규칙에서 카피 에디터가 제 권한을 침범하고 말았습니다.

이 카피 에디터는 마침 한인 교포였고, 제가 알기로 (저와는 달리) 한국에서 자라지도 않았으면서 제가 한국 문화 관련 용어를 제대로 이해하는지를 자꾸 의심했습니다. 끊임없이 원고에 토를 달았는데 문제는 멀쩡한 용어를 번번이 잘못된 용어로 바꾸었다는 점입니다. 한국 단어를 계속 이탤릭으로 처리했는데 이는 반식민주의적 번역에서는 매우 지양하는 번역 스타일이고 요즘의 출판계에서는 하지 않는 일입니다. 중심인물의 이름이 잘

못되었다고 우기면서 모조리 바꾸어버린 것도 참 가관이었죠. 제가 완전무결할 순 없겠으나 어떻게 400쪽이나 되는 소설 내내 등장하는 중심인물의 이름을 잘못 알고 있겠습니까. 그것도 제 네이티브 언어인 한국어로 된 이름을.

이쯤에서 분명히 해두고 싶은 사실은, 저는 한국에 사는 한국 시민이지 교포나 미국인이 아니라는 점입니다. 아마도 여러분이 듣고 계신 제 발음 때문에 오해가 많은 듯한데 저는 심지어 미국 영주권자도 아닙니다. 아무튼 저는 굳이 한국 문화에 대해 설명을 들어야 하는 사람이 아닙니다. 제가 곧 한국 문화니까요. 하지만 이 카피 에디터는 저를 마치 400쪽 내내 한글에 서툴렀던 사람인 양 취급하더군요.

전 보통 카피 에디팅 과정에 크게 신경을 쓰지 않습니다. 그때쯤이면 대체로 다음 책을 작업하는 데 전념 중이기도 하고, 카피 에디팅은 오타 따위나 고치는 일이지 중대한 편집이 이루어지는 단계가 아니니까요. 하지만 위에 말씀드린 사항 때문에 고민하다가 바쁜 일정 가운데 사흘을 할애해 카피 에디터가 못 쓰게 만든 원고를 복구하는 데 바쳐야 했습니다. 번역에 쏟았어야 하는 사흘을 남의 돈 받고 맡은 일을 망친 엉터리 카피 에디터의 뒷수습을 하는 데 사용할 수밖에 없었죠.

이 과정에서 충격적 사실들을 발견했습니다. 카피 에디터가 원고의 줄 바꿈 형식인 '라인 브레이크'를 모두 삭제해 놓았더군요. 그러니까 텍스트의 문단과 문단 사이 비어 있는 행을 모두 없애는 바람에 글 전체가 하나의 텍스트로 이어져버린 겁니다. 또한 한국어 원서에서는 대화 부분에 따옴표를 사용하지 않았는데 카피 에디터가 대화에 일일이 따옴표를 삽입해 버려 대화체와 내레이션 사이에 극명한 선을 그어버렸습니다.

작가들이 문단 끝에 한 행을 비우는 이유가 당연히 있습니다. 한 박자 더 뜸을 들일 때 혹은 무언가 지워졌다는 것을 나타내고 싶을 때 혹은 시간의 단절을 나타내고 싶을 때 작가들은 한 행을 비워두곤 합니다. 한마디로 비어 있는 행은 이유 없이 존재하는 게 아니므로 번역가나 편집자가 함부로 삭제하거나 삽입할 사항이 아닙니다.

제 작가의 경우 대화체에 따옴표를 사용하지 않는

걸 선택했습니다. 저는 이에 대해 작가가 소설 속에서 극화된 '사건'과 '기억' 그리고 '사실'과 '허구'의 경계를 모호하게 만듦으로써 기억의 모호함, 불안정성 그리고 기적에 대해 형식적 반영을 표현했다고 생각합니다. 작가는 역사책을 쓰는 게 아니니까요. 하지만 카피 에디터는 문학, 기억과 역사의 경계에 대한 작가의 사색을 K-드라마로 만들어지는 청소년 소설 같은 느낌으로 완전히 바꿔버렸습니다. 이건 번역이 아니라 각색이 되어버렸죠. 저는 모니터에 대고 비명을 질러댔습니다.

"오 마이 갓! 당신은 번역가도 편집자도 아니라고! 당신이 뭔데 원고를 이런 식으로 바꿔버렸냐고!"

이 사건의 핵심은 여기 있습니다. 이 카피 에디터는 무슨 이유로 제 문화적 이해를 무시할 수 있다고 생각했을까요? 비자 없이는 한국에서 살 수도 없는, 한국과는 거리가 먼 사람이 왜 한국 시민이자 전문 문학번역가인 저보다 한국을 더 잘 안다고 착각했을까요? 왜 이렇게 생각 없이, 서슴없이 남이 틀렸다는 말을 내뱉고, 번역가가 왜 이렇게 번역했는지를 일체 생각하거나 고민하지 않았을까요? 구글 검색 한 번이면 곧바로 입증되는 엄연한 사실을 놓고도 자신이 틀렸다는 사실을 인정하지 않으면서 자꾸 제가 틀렸다고 우겼을까요?(그중에서도 'Cheonan'이라는 도시가 한국에 존재하지 않는다는 주장이 가관이었습니다.) 번역가의 출판계 서열이 얼마나 아래쪽이면 이 정도로 무능한 카피 에디터 따위가 코리안에게 이른바 '코리아스플레이닝'을 해댈까요?

언어는 항상 권위의 문제와 얽혀 있습니다. 제가 미국식 영어 발음을 갖게 된 데는 역사적 이유가 있어요. 실은 저는 영어를 홍콩에 있는 영국 학교에서 먼저 배웠는데 한국에서 영국 발음을 유지하는 건 쉬운 일이 아니었죠. 한국은 미제국의 종속국client state이니까요. 문자 그대로 한국은 미국의 '클라이언트client'입니다. 미국 군대가 한국에 주둔하도록 미국에 많은 돈을 내고 미국의 무기를 아주 많이 삽니다.

제가 미국 영어를 처음 접한 것은 이런 주한 미군을 위한 TV 방송 AFKN(현 AFN Korea)을 시청하면서였습니다. 미국 TV 프로와 프로파간다를 방송하는 이 채널은 한국에서는 심지어 1번 채널을 차지했습니다. 아메리카는 넘버원이니까요!(지금은 지상파방송에서 고주파 채널로 바뀌었습니다.) 이 AFKN 덕분에 〈스타 트렉〉을 위시해 토요일 아침 만화영화까지 다양한 프로를 시청할 수 있었습니다. 단, 당시 한국 학생들은 토요일에도 등교했기에 만화영화는 몸이 아파야만 볼 수 있었죠.

한국에서 영어는 지식의 접근 이상인 의미를 가지며, 권력의 접근을 의미하기도 합니다. 예를 들어 여러분이 계신 이곳 프린스턴대학교에는 ETS라는 악덕 단체가 존재합니다. 저는 테러리즘을 권장하지 않으니 여러분더러 ETS를 불태우라는 말 따위는 절대 하지 않겠습니다. 하지만 뭐라고 해야 할까, 정말로 ETS가 불타버린다 해도 슬퍼하거나 애도하는 사람들이 아주 많을 것 같진 않단 얘기죠. ETS가 무슨 언어의 '동인도회사'라는 말도 아닙니다. 단지 그렇게 생각하는 사람들도 있을지 모른다는 말입니다.

ETS는 악명 높은 시험을 많이 시행하는데요, 그 시험 성적이 2년만 유효하다니 완전 사기 아닌가요? 미국에 계신 여러분은 이 시험을 모르시겠지만 한국에서는 ETS의 시험 가운데 TOEIC이 가장 인기가 있습니다.

한 사람의 경제 계층 결정에 영향을 미칠 정도로 중대한 시험이죠. 한국에 관심이 있는 분들은 한국의 연봉 높은 직장이 재벌 대기업에 집중되어 있는 사실을 아실 겁니다. 한국에서는 삼성이나 LG 같은 대기업에 지원하려면 필수로 TOEIC 시험을 봐야 합니다. 그리고 기업들은 입으론 뭐라고 떠들어대든 사회적 상향 이동성 따위에는 관심이 없습니다. 한국 기업의 관심은 현존하는 경제 계층을 재생산하는 데 있어요. 어떻게 아느냐고요? 바로 TOEIC 요건이 그 사실을 보여주고 있습니다.

왜 대기업 지원자는 하나같이 영어 실력을 입증해야 할까요? 영어가 전혀 필요치 않은 일을 할 때도 마찬가지죠. 제 사촌 중에는 헤드헌터가 있는데 그의 말로는 지원자들의 경제 계층을 파악하기 위해서라고 합니다. 영어 성적을 높이기 위해 비싼 과외를 받을 여유가 있는 사람이 누구일까요? 언어 공부에 중요한 아동기에 언젠가 삼성에 다니기 위한 영어 실력을 배양하고자 자식을 유학 보낼 수 있는 사람이 누구일까요? 바로 부자들이죠. 영국에 여전히 귀족이 존재하듯 한국에는 영어 귀족층이 존재합니다. 돈이 많을수록 영어 r 발음을 더 잘

굴리게 만들 수 있어요. 저는 준공무원인 아버지가 가끔 외국에 파견된 덕분에 여러분 앞에서 이런 영어를 구사하게 되었는데 한국에서는 다들 저를 부잣집 출신으로 오해합니다.

ETS는 뉴저지주 프린스턴이라는 도시 안의 '모르도르', 즉 영화 〈반지의 제왕〉에 나오는 사우론의 본거지 같은 곳이라 할 수 있습니다. 이 사립 기관은 누구의 영어는 정통 미국 영어고 누구의 언어는 그에 얼마나 못 미치는지 결정하는 어마어마한 권력을 가지고 있으며, 제국의 언어를 얼마나 잘 구사하는지 보여주는 인증서를 고수합니다. 한국에는 TOEIC을 둘러싼 거대 산업이 존재합니다. 학원, 과외 그리고 우리 출판계에서 상당 부분의 수입을 차지하는 수험서들…. 서점에 가면 TOEIC 교재가 책장 하나를 차지할 정도죠. 이처럼 한국에서는 TOEIC 점수가 높을수록 성공할 확률이 높고, 사회 내에서 더 많은 권력을 확보할 기회도 그만큼 많아집니다.

이러한 면모는 한국 사회의 다양한 방면에서 나타납니다. 그중 하나는 다른 과목을 아무리 잘하니 못하니 해도 여러분의 경제 계층을 지칭하는 건 바로 영어 성적이란 점입니다.

저는 한국의 유명 정치인에게 영어 과외를 한 적이 있어요. 고학력에다 매우 총명했으며, 저로선 죽을 때까지 노력해 보았자 반도 해내지 못할 만큼 많은 일을 이룬 분이었습니다. 개인적으로 놀라웠던 사실은 그런 사람도 영어에 콤플렉스를 느낀다는 것이었습니다. 저야 그분께 조금이나마 도움이 되어 영광이었지만 한편으론 그 같은 상황이 너무나도 부조리하다는 느낌이었습니다. 저는 하루 종일 집에서 작업을 시작할지 말지 고민하며 게으름 피우는 별 볼 일 없는 번역가 아저씨일 뿐입니다. 그런 제가 저토록 대단한 분을 가르치다뇨? 하지만 우리 둘 중에서 열등감을 느끼는 쪽이 제가 아니라 그분이라니….

이게 바로 미제국이 저에게 준 특권입니다. 시민권도 아니고, 'squirrel'이라는 단어를 '제대로' 발음할 수 있는 능력.

전미번역상 수상자 테자스위니 니란자나 교수는

《번역의 위치화Siting Translation》라는 저서에서 번역의 식민주의적 뿌리 및 식민지 현지 통번역가들이 '언어 하인'으로 간택되는 방식에 대해 논합니다. 식민주의자들은 절대 현지 언어를 배우려 하지 않습니다. 이 같은 배척은 주한 미국인들한테서도 자주 볼 수 있습니다. 그들은 현지 언어를 배울 바엔 저렴하게 혹은 공짜로 자신을 도와줄 한국인 영어 사용자를 찾으려 들죠. 번역은 결국 식민주의자들이 현지에서 지시를 내리기 위한 혹은 그들이 착취하는 주민들을 감시하기 위한 수단이 되는 셈입니다. 니란자나 교수는 지금도 어떤 번역가들은 무의식중에 식민지 주인님들 비위를 맞추려는 심리가 있으며, 서구 권력자들에게 자기 출신국의 의도를 열심히 고자질한다는 사실을 짚어냅니다.

저는 번역가란 출신국의 문화 대사라는 말을 들으며 자랐습니다. 하지만 진정한 수교는 국가 간 자주권이 인정될 때만 가능할 텐데 식민지가 자주권을 가지고 있을 리 없습니다. 결국 저는 '언어 하인'인가요? 트위터에서 일부 교수들은 저를 언어 하인으로 취급하곤 합니다. 제가 무료 투어가이드라도 되는 양 이것저것 설명해 달라고 보챕니다. 저는 그들에게 말합니다.

“누굴 부려 먹으려고? 난 당신의 지도학생이 아니야. 물론 지도학생도 그렇게 부려 먹어선 안 되지만.”

이런 태도가 어디서 비롯되었는지 궁금할 때가 있었어요. 백인들이 많이 참석한 파티에서 어느 백인이 저를 자꾸 웨이터로 오해했을 때 그 의문이 해소되었죠.

‘이 사람들은 한국 사람은 다 자기네 하인이고, 우리 모두 자기들 시중을 들지 못해 안달이라고 생각하는구나.’

이게 바로 미국 대사관에서 열린 파티였습니다.

그다지 생소한 상황도 아닙니다. 2009년에 저는 한국문학번역원 번역아카데미라는 교육기관에 소속된 학생이었습니다. 미국인 두 명, 영국인 한 명, 한국인 세 명이 동기였죠. 미국인들과 영국인은 일 년 과정 내내 생활금을 지원받았습니다. 하지만 한국인들에게는 땡전 한 푼 지급하지 않았고, 우리는 이 풀타임 과정을 아무런 금전적 지원도 없이 이수해야 했습니다. 한마디로 한국인은 번역가가 되는 건 꿈도 꾸지 마라는 말 같았습니다. “미국인들과 영국인들의 언어 수발을 들어라, 이

언어 하인들아"라는 의미로밖에 보이지 않았죠.

저는 기회가 될 때마다 번역원 관계자들한테 그해 영어권 졸업생 중 번역가를 딱 한 명밖에 배출하지 못했다는 사실을 상기시킵니다. 그리고 그 번역가가 바로 저였습니다. 한 푼도 지원해 주지 않았던, 언어 하인이나 하라던, 주제 파악이나 하라던 바로 그 사람이 저였던 것입니다.

이 모든 것이 말해 주고 기대하는 제 번역가로서의 위치는 극명합니다. 그들은 매일같이 제게 이 기대를 상기시킵니다.

"넌 언어 하인이잖아. 닥치고 번역이나 하라고."

사전에 대한 얘기를 잠시 하겠습니다. 번역가들은 허구한 날 사전 얘기를 할 것 같지 않나요? 하지만 솔직히 그런 번역가는 많이 보지 못했어요. 오히려 제가 아는 가장 큰 사전광은 미국 소설가 바버라 킹솔버입니다. 그녀는 여러 가지 주제에 대한 사전을 수집하는 것이 취미라서 책장 하나를 사전으로 꽉 채울 정도라고 합니다. 심심할 때 백과사전이나 위키피디아를 보듯이 그녀는 사전을 들춰보는 것으로 상상력을 자극하려 합니다.

최근 제가 영역한 신경숙의 《바이올렛》에도 이런 장면이 나옵니다. 소설의 중심인물은 작가 지망생인데 영한사전에서 'violet'이라는 단어를 찾던 중 'violence(폭력)'라는 단어와 철자법이 비슷한 것을 보고 당황합니다. 작가들은 다 이런가 봅니다.

번역가들은 사전을 좀 다르게 사용해요. 우리는 생각이 날까 말까 하는 도착어 단어를 상기시키기 위해 사전을 사용하지 출발어 단어의 의미가 뭔지 몰라서 사용하는 경우는 거의 없습니다. 하나의 언어로 계속 읽다 보면 다른 언어의 정신 상태로 전환하는 행위로 인해 가끔 인지 부하가 오는 느낌을 받는데 때문에 번역은 몸으로 하는 것이라느니, 번역을 하다 보면 기진맥진한다느니 하는 말이 나옵니다.

인지 부하가 올 때 "어? 이 단어를 영어로 뭐라고 했지?" 하다가 사전을 찾아보고서 "아, 이거였군"이라고 할 수 있으면 좋을 텐데 그러지 않을 때가 있습니다. 사전에서 찾은 단어를 보며 "어? 그래도 이게 아닌데?" 하는 경우가 굉장히 흔하답니다. 이쯤에서 교수나 대학원생이라면 "하지만 사전 정의는 이렇잖아!"라며 수긍하라고 생떼를 부릴 것입니다. 하지만 전문 번역가라면 "아니야, 다른 건 다른 거야, 여기서는 그 단어의 뜻이 그런 게 아니란 말야"라고 할 확률이 높습니다. 이럴 땐 당연히 어떠한 문맥적 상황이 단어를 사전적 정의에서 떼내고 있는 것이죠.

번역가의 일은 결국 사전이 제공하지 못하는 의미를, 사전보다 더 정확한 의미를 전달하는 것입니다. 궁극적으로 언어는 불변의 존재가 아니니까요. 그리고 '진정한 동족어'란 기본적으로 존재하지 않습니다. 두 언어의 단어 간의 관계는 그 언어가 아무리 서로 가까워도, 아니 설령 사투리와 표준어 사이에서도 모두 가짜 동족어 관계일 수밖에 없습니다. 한 언어 안에서의 특정한 단어가 다른 언어에서 100퍼센트 같은 뜻과 정서적 울림을 가질 수 없기 때문입니다. 고로 번역은 단어에서가 아니라 단어 사이의 공간에서 이루어집니다. 의미는 포착할 수 있는 것이 아니고 열심히 그 방향으로 손짓할 수밖에 없는 무엇입니다. 이런 절박한 손짓이 바로 번역입니다.

하지만 사전은 항상 손짓만 하지는 않는다는 게 문제입니다. 특히 한국의 사전들은 실용적이지 않고 규범적입니다. 언어에 대한 규범을 강요하는 언어 권력 도구인 셈입니다. 그들은 무엇이 '올바른' 한국어이고 무엇이 틀린 한국어인지 규정하면서 규범자와 사용자 간의 상명하복 구조를 유비합니다. 여기서 짚고 넘어가야 하는 건 미국이나 영국과 달리 한국에는 올바른 표준어는 이러이러한 것이라고 관리하는 국가기관이 따로 존재한다는 사실입니다.

이런 규범적 접근이 몸에 밴 나머지 한국의 교수 집단은 '완벽한 번역'이라는 것이 존재한다고 믿는 경향이 있으며, 자신이 생각하는 '완벽한 번역'에 부합하지 않는 번역은 '오역'이라고 단정하는 습관이 있습니다. 저는 학계와 거리가 먼 사람이고 학계에서 뭘 생각하든 전혀 관심이 없습니다. 하지만 한국문학번역원이나 대산문화재단은 번역 지원을 판단하는 과정에 대학교수들을 투입하기를 좋아하므로 전문 번역가들은 하는 수 없이 이런 학술적 직역주의에 부합하는 번역을 생산해야 할 때가 있습니다. 이런 고리타분한 번역을 실제 독서 시장에서는 매우 지양한다는 사실은 말할 필요도 없죠.

학계는 자신들이 소설과 시의 중요한 소비자층이라고 착각하는 듯한데 유감스럽게도 현실은 그렇지 않습니다. 문학 교수들 중에는 살아 있는 소설가의 작품이나 신간 소설은 평생 들여다보지도 않거나 유럽어에서 번역되지 않은 소설은 한 번도 읽은 적이 없는 '학술인'도 많습니다. 제가 왜 제 책을 사지도, 읽지도 않을 사람들 비위를 맞춰야 할까요? 그런 교수님들은 그냥 계속 프루스트나 읽으라죠. 제 목표는 영어권 서점에서 한 번이라도 한국 소설을 집어 들 확률이 있는 독자에게 어필하는 것입니다. 바로 그런 분들을 위해 저는 번역을 합니다. 무슨 무슨 대학교수를 위해서 번역하는 게 아닙니다. 훌륭한 교수님들께 배운 적도 있지만 제가 그들을 위해 번역을 하진 않습니다. 이건 그들을 위한 작업이 아닙니다. 그런데 왜 제 지원금 지급 여부를 그들이 결정하나요?

한국의 모든 문학번역 대회의 심사위원은 교수들입니다. 이런 대회에서 상을 타는 번역가들은 영미권 출판까지 가지 못한 채 문학번역을 포기하는 게 보통입니다.

저는 이런 경우를 수없이 봐왔습니다. 반면 저는 번역상을 타지 못한 번역가입니다. 올해 부커상도 놓쳤으니까요. 하지만 제가 정말 잘하는 것은, 그 어느 교수보다도, 그 어느 한국문학 번역상 수상자보다도 잘하는 것은 번역서를 내는 것입니다. 한국의 문학번역 지원 기관들이 저를 아주 좋아할 것 같지 않나요? 실상은 그들에게 저는 언어 하인에 불과합니다. 그들이 정한 기준의 표식을 깡그리 무시하면서도 짜증나게시리 책은 계속 내는, 주제 파악을 못 하는 언어 하인.

이쯤이면 희망적 얘기를 해야 할 타이밍인 듯하지만 솔직히 이 거대한 권력 구조를 어떻게 타파할지 혹은 어떻게 대응할지 모르겠습니다. 출판계와 사회라는 생태계에서 번역가의 지위라는 문제가 인종차별, 신식민주의, 백인 우월주의와 얼마나 밀접히 얽혀 있는지 맛보기라도 제공해 드렸기를 바랍니다. 인종차별과 제국주의에 깊은 뿌리를 둔 역사적 문제를 해결하지 않고서는 번역가들, 특히 유색인종 번역가들이 대면한 체제적 부조리를 해소할 수가 없습니다. 제가 생각해 본 해결 방안 모두는 개인으로서는 실행하기가 매우 어렵거나 다소 뜬구름 잡는 얘기들입니다.

데보라 스미스를 예로 들어볼까요? 데보라는 2016년 부커상 국제 부문이 개편된 후 번역가 신분으로는 최초로 부커상을 수상했습니다. 그런데 데보라는 부커상 수상 전에 틸티드 액시스라는 영국 소재 아시아 및 아프리카 번역문학 전문 출판사를 설립했습니다. 틸티드 액시스는 기탄잘리 슈리가 쓰고 데이지 록웰이 번역한 2022년 부커상 수상작 《모래의 무덤》이 나온 출판사이기도 합니다.

제가 마침 매우 잘나가는 번역가 모임인 스모킹 타이거스Smoking Tigers를 관리 중인데 수많은 사람들이 저희더러 출판사를 세우라고 권합니다. 그러니까 번역가들이 시장에 나온 책들을 자비로 구입해 시간을 할애해서 읽고, 샘플과 제안서를 제작하고, 인적 네트워킹 구축 및 원고 세일즈도 하고, 출판 후 홍보를 하는 것도 모자라서 출판사까지 차리라고요? 그런 말은 농담이라도 삼가기 바랍니다. 그건 결코 합리적 제안이 아니니까요. 그런 사람은 데보라 스미스 하나로도 충분하니 어떻게 번역가를 더 부려 먹을지만 생각하지 말고 어떻게 건강하고 모두에게 지속 가능한 출판문화가 가능할지 함께 고민해 주시길 부탁합니다.

번역가가 여러분을 위해 무엇을 할 수 있는지 묻지 말고, 여러분이 번역가를 위해 무엇을 할 수 있는지 물어보십시오Ask not what translators can do for you, but what you can do for translators.

엉뚱한 해법이 하나 있습니다. 번역가가 연예인처럼 숭배의 대상이 되는 것이죠.

어느 편집자와 제 이름을 표지에 넣을지를 두고 논의하는데 편집자는 자꾸 디자인팀이 난색을 표했다고 핑계를 댔습니다. 이 대화와 연관되는 여러 사람 중 한 명이 저에게 개인 메시지를 보내어 협상을 더 하겠는지 묻기에 전 관두겠다고 했습니다.

"그냥 포기하죠. 제가 이 작가보다 훨씬 유명해지면 제발 표지에 제 이름을 기재하게 해달라고 사정할 테니까요. 그런 날이 오면 제가 거절할 예정입니다."

이 웃기는 아이디어를 얻은 곳은 트위터였습니다. 독일 문학번역가 케이티 다비셔Katy Derbyshire가 트위터에서 세상에서 제일 유명한 번역가가 누구인지 물었고 저는 농담 반, 진담 반으로 프랑스어 번역가이자 영화배우 몰리 링월드라고 대답했습니다.

하지만 번역가가 어떻게 유명해지죠? 유명한 번역가들을 생각해 봤습니다. 제니퍼 크로프트, 제러미 티앙, 이곳 프린스턴대학교 교수인 줌파 라히리…. 제니퍼와 제러미는 소설가이기도 합니다. 줌파 라히리는 아예 소설을 쓰는 번역가라기보다 번역을 하는 소설가라고 부르는 게 맞습니다. 그렇다고 모든 번역가는 소설가가 되어야 합니까? 제발, 번역가가 되는 더 쉬운 방법이 있다고 말해 주세요. 하지만 생각해 보면 번역가가 소설가가 되는 것이야말로 궁극의 주제 파악 거절 행위이지 않을까요. 감히 번역가 따위가 유명해지다니! 번역가 따위가 스스로를 작가라고 부르다니!

실제로 굉장히 많은 분들이 제가 이렇게 공공장소에서 번역가의 일에 대해 떠들고 다니는 것을 매우 못마땅해합니다. 예를 들어 번역 지원금 집행기관의 특정 관계자들, 어느 늙은 백인 영국인 번역가 패거리, 트위터 속 몇몇 루저들이 절 대하는 걸 보면 제가 킴 카다시안이라도 된 기분입니다. 왜 저따위가 유명하지? 왜 닥치고 번역이나 하질 않지? 왜, 도대체 쟤는 주제 파악을 못 하지?

서울의 어느 출판사 관계자와 번역이 아닌 나의 창작 계획에 대해 대화한 적이 있습니다. 그는 "과연 모든 번역가는 작가가 되고 싶다는 로망이 있지 않을까요?"라며 자신의 생각을 피력했는데 개인적으로는 꼭 그렇진 않다고 생각합니다. 제가 아는 대다수 번역가들은 번역가로서의 자부심이 하늘을 찌른답니다. 그들에겐 이 세상 최고의 직업이 번역가입니다. 적어도 작가인 것보다는 번역가인 게 훨씬 멋지죠. 번역가는 매우 현실적이고 실질적인 기술을 손끝에 보유해야 합니다.

저는 최근 장편소설을 써서 미국의 대형 출판사에 팔았는데요, 문제가 생길 때면 그저 무언가를 만들어내기만 하면 되는 그 자유가 글을 쓰는 내내 얼마나 편안하게 다가왔는지 모릅니다. 반면 번역을 하다 문제가 생기면 아주 어려운 퍼즐을 맞추듯 문제를 풀어야 합니다. 물론 이 문제 풀이 과정이야말로 번역의 재미이자 멋이죠. 안 해본 사람들은 그 재미를 알지 못합니다.

It's pretty fucking amazing.

고로, 제겐 작가가 되고 싶다는 비밀스러운 로망 따위는 없습니다. 창작은 제 번역 일의 일부일 뿐이고, 번역 일도 결국 제 독서 행위의 일부에 불과합니다. 저의 가장 중심적이고 근본적인 정체성은 독자로서의 정체성이고, 그 이외의 것들은 모두 거기서 비롯됩니다. 제가 이런 번역가인 것, 이런 작가인 이유는 바로 독자로서의 자부심에서 나온다고 생각합니다. 저는 번역가라는 타이틀을 위해 이 일을 하는 것이 아니라 번역가의 정체성이 독자로서의 정체성과 묶여 있기 때문에 번역 일을 합니다. 그리고 무슨 이유에서든 번역이 독자로서의 정체성과 분리되면 저는 번역을 그만둘 것입니다. 저는 항상 '다시는 번역을 하지 않을' 준비가 되어 있습니다. 이래서 제가 주제 파악을 못 하는 것입니다. 그게 파악해야 할 제 주제가 아니었으니까요.

아니요, 번역가들은 비밀리에 작가가 되고 싶어 하는 게 아닙니다. 그런데도 번역가는 작가가 될 수밖에 없습니다. 번역가 말고는 도착어 번역본이 요구하는 수

많은 결정을 내릴 만한 능력이 그 누구에게도 없습니다. 그러한 책임을 전가한다고 해서 당신이 겸손한 번역가라거나 주제 파악을 하는 번역가임을 입증할 수도 없습니다. 그건 당신이 그저 겁쟁이일 뿐이란 뜻입니다. 당신이 구린 번역가일 뿐이란 뜻입니다. 고로, 번역가로서 주제 파악을 한다는 것은 당신이 일을 못하는 사람이라는 뜻입니다. 여러분 모두 아이비리그 출신이니 일 못한다는 소리가 세상에서 제일 듣기 싫지 않나요?

자, 이제 몇 가지 가이드라인을 말씀드리면서 마무리 짓겠습니다. 일단 문학번역가라면 프리랜서 작가 단체인 미국의 어서즈 길드Authors Guild나 소사이어티 오브 어서즈Society of Authors에 가입하세요. 이 단체들에서 여러분의 권익에 대해 법률적 도움을 제공할 것입니다. 이를 통해 번역가로서 더 나은 미래를 설계하고 연대하기 바랍니다. 또한 번역가 모임이나 워크숍에도 가입하기 바랍니다. 미국문학번역가협회나 영국 PEN 단체 가입도 검토해 보세요. 즉 번역가 공동체와 조금 더 가까워지시길 권합니다.

번역가 개개인 모두 특별한 인재들이니 이런 인재들이 모이면 얼마나 엄청난 힘을 발휘할까요. 당연한 이치죠. 혼자서 작업하는 작가들과는 달리 번역가의 일은 항상 타인과 호흡을 같이해야 합니다. 호흡을 같이하는 작가가 심지어 살아 있지 않다 해도 번역가는 번역을 하는 한 결코 혼자가 아닙니다. 또한 출판 과정에서 수많은 관계자들과 소통해야 하는 출판 번역의 현실을 고려하면 더더욱 공동체의 중요성이 부각됩니다. 거듭되는 퇴고 과정 그리고 도서 홍보 과정을 작가가 아닌 번역가가 감당해야 한다는 사실을 잊어선 안 됩니다, 바로 당신이, 바로 우리가…. 우리는 공동 작업에 익숙합니다. 따라서 공동체야말로 번역가들의 힘의 원천이기도 합니다.

오늘날 스타 번역가, 작가보다 더 유명한 번역가, 카리스마가 작렬하며 이런 곳에 와서 연설도 잘하고 소설까지 쓰는 번역가가 여럿 있다는 것은 분명 시대적 행운입니다. 하지만 만조 때가 되어야 모든 배가 함께 떠오를 수 있듯이 우리가 서로를 찾고 서로 함께할 때 모두 같이 성공할 수 있습니다. 또 그래야 일하는 게 훨씬 재밌기도 하니까요!

여러분의 부족을 찾아 나서기 바랍니다. 번역이야말로 여러분의 잃어버린, 만나 보지도 못한 부족을 찾기 위해 봉홧불을 지피는 행위가 아닐까요.

—2022. 11. 4.

하지 말라고는
안 했잖아요?

＊이 책의 띠지에 사용된 저자의 사진은 김흥구 사진가가 촬영한 것으로 〈시사IN포토〉에서 제공받았습니다.

하지 말라고는 안 했잖아요?

초판 1쇄 발행 2023년 9월 18일
초판 2쇄 발행 2023년 10월 13일

지은이 안톤 허
발행인 김형보
편집 최윤경, 강태영, 임재희, 홍민기, 박찬재
마케팅 이연실, 이다영, 송신아 **디자인** 송은비 **경영지원** 최윤영

발행처 어크로스출판그룹(주)
출판신고 2018년 12월 20일 제 2018-000339호
주소 서울시 마포구 양화로10길 50 마이빌딩 3층
전화 070-5038-3533(편집) 070-8724-5877(영업) **팩스** 02-6085-7676
이메일 across@acrossbook.com **홈페이지** www.acrossbook.com

ISBN 979-11-6774-115-8 03810

만든 사람들
편집 홍민기 **교정** 박선미 **디자인** 이지선